この空の彼方へ

咲田涼人

SAKITA Ryoto

文芸社

目次

『――おはようございます。八時のニュースです』

『今日、一九八五年四月一日。電気通信の自由化と行政改革を目的とする、日本電信電話公社の民営化で日本電信電話株式会社（エヌ・ティ・ティ）が発足しました。資本金七八〇〇億円、従業員三二万人という日本一の大企業です……』

そんなニュースが日本中を駆け巡っても、僕らには昨日までと同じ日常が繰り返されるだけだった……。

第一章　抗えない魅力

生物の梨村先生は面白い。僕は特に生物の勉強が得意なわけでも好きなわけでもないが、先生の大きいけれど優しい声は耳に心地よく授業は楽しい。中学時代は勉強する意味がわからないくらい授業は嫌いだったし、それこそ宿題なんて真面目に毎日やってくる奴らのことが理解できなかった。そんな僕が今、先生の授業だけは真面目にというか、真剣に聞いている。

「今日は俺やお前たちと同じ人間についての授業だ。特に女子が好きそうなテーマだから寝るなよ」

そう言うと先生は抱えた資料の中から最新号の女性ファッション雑誌を取り出した。

「おい、サトル。梨村の野郎ついにおかしくなったんじゃねぇか？」

僕の方に身を寄せながら隣の席の錦織悟（にしきおりさとる）が耳元で囁く。コイツは名前こそ立派だが典型的なお調子者だ。でもこのクラスの中では一番の友だち。名前も同じだし、何より一緒にいて疲れないところがいい。

「そうか？　オレは好きだな。退屈な授業よりずっといいだろ？　梨村先生も自分の授業を聞いてほしくていろいろ考えてんだよ」

先生はパラパラとページをめくった後で黒板に向き直りチョークを取った。毛量の少なくなったその後ろ姿を見ていて（今日のバーコードは一段とクッキリだな）と思うと笑いそうになった。

Ａ、Ｂ、Ｏ。
それだけ書くと、

「今日は血液型の勉強だ。どうだ興味あるだろ？」

確かに興味はある。僕の名前は安田サトル。血液型はＯ型、悟はＢ型だ。女子はあちらこちらでおしゃべりが始まり、一気にクラスの中は賑やかになった。僕らはまんまと梨村先生の思惑にハマってしまったのだ。

だけど僕の二つ前の席に座っている吉田ひとみだけは違っていた。ざわざわとした教室の中で、一人だけグラウンドをじっと見つめている。グラウンドは生徒も先生もいないただの広い空間でしかないのに、一体何を見ているんだろう。桜の季節も過ぎて、とうに葉桜になっているというのに、彼女を引き付けているものって何だろう。

僕はこのクラスになってから二年間、ずっと彼女に片思いをしている。できれば悟と席を替わって、いつも斜め後ろから彼女のことを眺めていたいくらいだ。僕が彼女について知っているのは、血液型がＯ型だってことくらい。時々友だちと一緒にひとみと帰ったりもするけど、僕が彼女に片思いをしていることを知っているのは悟だけだ。

先生は血液型のしくみについて話しているが、すでにクラスの半数以上はおしゃべりに興じている。最前列の女子に至っては、教壇からファッション雑誌の強奪に成功し、ページを捲る特有の柔らかな音を響かせている。

「例えばだな、Ａ型にはＡＡ型とＡＯ型があってだな、Ａ型の父親とＯ型の母親から生まれるＡ型っていうのは、ＡＯ型ってことになる。この父親がＡＯ型だった場合は、Ａ型が五〇％、Ｏ型が五〇％の確率になるんだ」

３×３のマス目を書いた中にＡとかＯとか書いて説明してくれるのがわかりやすくてなんだか楽しい。（ひとみと僕とならＯ型の子どもしか生まれないってことか……）とグラウンドを見つめる彼女を見ながら思った。

「これらはメンデルの法則と言ってだな……」

梨村先生はマイペースで授業を続けている。この辺になるともう誰も聞いてはいないのだけれど。

ひとみは、肩まである少しウェーブがかかった髪がよく似合っている。いわゆる聖子ちゃんカット。笑うと笑窪ができる色白の子だ。クラスの中でもちょっと都会的なイメージを醸し出している。僕は入学してからずっと彼女に恋心を抱いているけれど、告白することができないまま二年が過ぎた。

一年生の六月だったか、悟がまだ僕のことを『安田くん』と呼んでいた頃に、

「安田くん、いい情報仕入れてきたぜ。吉田ひとみは四組の黒川って奴にゾッコンらしいぞ」

「そんな情報は要らん」

僕があからさまに嫌な顔をすると、悟は間髪を入れずに、

「まあ最後まで聞けって。その黒川って奴な、中学の時から付き合ってる彼女がいるんだってさ、女子校に。これって、お前にもまだチャンスがあるってことだろ？」

そんなふうに言っていたことを思い出した。

恋心ってやつは神様のイタズラのようなもので、彼女の想いもまた彼に届かないままでいるのだ。いつまでこの状態が続くのか、それは神様しか知らないってことなんだなぁ……。


「なあサトル、もう三年になっちまったな」

悟があまりにも奥歯にものが挟まったような言い方をするので、

「俺はいいよ、ちゃんと卒業できるから。お前も少しは自分の心配をしろよ」

悟の言いたいことはわかっていた。最終学年になって、ひとみと一緒にいられる時間が限られていることぐらい自分でもよくわかっている。振られてしまうことがわかっているからといって告白できないでいる自分が本当に嫌だ。

世の中にはたくさんのカップルがいるが、彼らは本当にちゃんと告白して付き合っているのか疑いたくなる。告白なんて人生の長さで考えればたった数秒のことなのに、こんな

に重いものだなんて思ってもみなかった。

ふと、グラウンドの一点を見つめていた、あの時のひとみのことを思い出した。

(ひとみも今の俺と同じ気持ちだったのかなぁ……)

「なあサトル、午後から新入生のクラブ説明会あるだろ？　お前も出るんだろ？」

〝お前も〟という響きで悟が出席することはなんとなくわかったけれど、正直迷っていた。

一応、写真部の部長をしてはいる。でもちょっとオタク的な部だし、入部したけりゃ当人の方から勝手にやってくるはずで、そもそも面倒だ。人前で話すことも決して得意な方ではないし……。

「ああそれな。面倒くさいし、やめておこうかな」

「おいおい、じゃ俺が演劇部の部長としてあれこれ説明するのが馬鹿みたいじゃん！　どのみち入部希望者なんていないっての に」

ちょっと不貞腐れた顔の悟を横目に、僕は渋々と答えた。

「わかったよ、出るよ。出りゃいいんだろ。でもなんで俺たち二人揃って写真部と演劇部なんてマイナーな部活動してんだろうな？　そもそもこんな格好でいいのか？　短ランにボンタンだぞ！」

悟と僕は顔を見合わせ、少し間をおいて笑った。（野球部とかサッカー部とかだったら、マネージャーとして女子の入部もありそうなのに）とちょっと不純な気持ちで思ってしまった自分を心の中で嘆いた。別にスポーツが嫌いなわけじゃない。観戦するのは大好きだし、野球だったら少しくらいはできる。

昨年のクラス対抗ソフトボール大会には四番でショートを守った。ここぞという場面ではきれいなヒットも打ったし、「華麗な」とまでは言わないけれど、守備も卒なくこなしていた。黄色い歓声が飛ぶことはなかったけれど。

「十四時からだからな！　遅れるな……ていうかゼッテー来いよ！」

悟は僕に念押しして教室を出ていった。

僕たちの学校は、市内でもマンモスに例えられるくらいの大きな高校で、新入生だけでも六百人以上だ。それだけの生徒たちが講堂に集められ、これから各クラブの代表が一人ずつ自分たちのクラブ活動を説明していく。演者は緊張状態に、聴者は実に退屈な時間を過ごしていくことになる。

順番は事前に抽選会をして決められていた。

僕の写真部は十六番目。そして悟の演劇部は二番目だ。悟の緊張状態は半端なく、足が地についてないというのか、まるで迷子の子どもが親を捜しているようだった。

「おい！　緊張するのはわかるけどさ、お前大丈夫か？　だからやめておこうって言ったんだよ」

　バンジージャンプのスタート台にでもいるかのような狼狽ぶりで、脅えているのが手に取るようにわかる。悟は一心不乱に、掌に人の文字を書いては飲み、書いては飲みを繰り返していた。

「お前、いったい何人飲むつもりだ？」

「六百人！」

　僕は悟のこういうところが好きだ。僕だったら精々三人くらいだろうに、はばかることなく言い切れるところは尊敬できる。悟の緊張とは正反対に、僕は驚くほど落ち着いていた。

　ステージの上では一番目のバレーボール部の紹介が続いている。

　袖で待っている悟の顔からは血の気が引いて、立っていられるのが不思議なくらい。いつもは教室でもあれだけ戯けているのに。

　心に闇を抱えているのかと思えるほど項垂れて悟が立っている。

「おーい！　悟くーん！」

　返事はない……。

「おい、大丈夫か？」

「二回目だぞ、それ」

「そんな顔するなって！　どうせ誰も聞いてないし、こんなもので誰も決めたりしないって！」

　肩をポンポンと二回叩き、泣いている子どもを宥めるように僕が言うと、

「だよな！」

　って、さっきまで落ち込んでいたのが別人のようにケロッとしている。そして僕を励ますように、「お前は上手くやれよ」と言ってくれた。

　いつもはそんなふうに言う奴じゃないし、俯き気味の悟があんなふうに言った言葉のアンバランスさにくすぐったい感じがして背中がぞわぞわした。

　順番を待つ間、僕はステージ袖から他の部の演説を食い入るように見ていた。運動部はそれぞれのユニホームを着て登壇する部もあれば、大人数で登場して「お願いします！」と叫ぶ部もあり、いかにも体育会系といった感じの賑やかな演説だった。

　対照的に文化系の部活動では、悟の演劇部もそうだったように、新聞部や茶道部なんかは手に持ったメモに書かれた内容を読んで終えるという静かな演説であった。

　そんな中、特に印象に残ったのは、僕の二つ前に登壇した弓道部の演説だった。部長の男子生徒は学生服だったのだが、一緒に出てきた髪の長い女子部員は、白の上衣に濃紺の

袴、角帯を締め足下は真っ白な足袋という出で立ちで、その背丈を大きく超える弓を左手に持って出てきたのだ。僕はそんな女子部員の姿を見て単純に格好いいと思ったし（僕も弓道部にすれば良かったな）と、少しだけ後悔していた。

ようやく写真部に順番が回ってきて、僕は無難に紹介と説明をこなし、

「――写真部は以上です。よろしくお願いします」

一礼してそう言うと、他の部と同じようにパチパチと拍手が起こった。拍手の音が小さくなって、ステージの袖にはけようとした時だった。

「いい声だったね」

と、ヒソヒソとした女子の声が聞こえたように感じた。一度振り返ってみたけれど、その声がもう一度聞こえることはなかった……。

説明会が終わると、校門前のエントランスはクラブの名前が書かれたプラカードを持った生徒や、メガホンで絶叫している生徒でごった返している。

僕と悟はその光景を端の方で眺めていた。そもそも写真部や演劇部に「入部希望です」なんて言ってくる生徒は皆無だし、高みの見物を決め込んでいたからだ。

しばらく悟と二人で今夜のテレビドラマの話で盛り上がっていると、二人の女子生徒が通りかかった。悟が条件反射的に、

「もう決めた？　クラブ。演劇部どう？」

と、本気モードの勧誘に勤しんでいた。

「野球部のマネージャー希望なんです」

その一言に僕の耳は即座に反応したが、僕は新調したローファーの爪先を見つめたまま言った。

「やめときなよ。ウチの学校はどんなにがんばっても甲子園なんて行けないし、毎日ボール拾ったり、洗濯したり、マネージャーなんて割が合わないって」

別に写真部に勧誘しようとも思ってはいないけれど、野球部のマネージャーほど切ない仕事はないと思っている。

ふと顔をあげると、まだ幼さの残る顔立ちにサラサラの髪が特徴的な、いかにもかわいらしいといった感じの女の子が立っていた。

僕が隣の悟の方を指さして、

「演劇部の説明どうだった？　チグハグすぎて笑えたでしょ？　演劇部なんてコアなヤツばっかりだから」

と笑いながら言うと、目の前の女の子はちょっと小首をかしげた後、頭の上に電球が光ったように反応して言った。

「あ！　この声。写真部の人ですよね！　いい声ですね」

ハッとした。僕の声を覚えていてくれたことはもちろんだが、あの時の声の主が目の前にいることがなんだか不思議な気がした。

「それじゃ、私たち失礼します」

と言って二人の女の子は踵を返すと、大勢の勧誘の波をくぐり抜け校門を出ていった。

◆

教室に戻ると、帰り支度をしているひとみと、仲良しの星野英子が、黒川のことを話していた。英子は友だちの誼でよくひとみの相談相手になっている。僕と悟のような関係だ。程なく悟も戻ってきて、

「久しぶりに四人でお茶でも行くか」

そう言って鞄を手に取った。

「悟！　あんたの奢りね！」

英子の返事があまりにも早すぎて呆気にとられていると、続けざまに英子が言う。

「ていうか、あんたたち二人ともさとるだし、紛らわしいんだって！　どうしてよりにもよって同じ名前の奴同士で仲いいんだよ」

そんなことは僕に言われても困るし、きっと悟だってそうだろう。このクラスになっ

て、たまたま仲良くなったのが悟であって、偶然にも音が同じだっただけ。ただ僕たちはお互いを『さとる』と呼ぶし、照れ臭さもなくて、どちらかと言えばむしろ自分を呼んでいるようで妙に心地よかったりもする。

学校を出て四人で目的の店まで歩いていると、街路樹はすでに鮮やかな緑に変わり、心なしか通りを走り去る車の量も増えたような気がする。英子と悟は歩道の真ん中を闊歩し、波長が合うのか、お互い罵り合っているような会話がいつまでも続く。半面、僕とひとみは点字ブロックを避け、建物側に寄ってひとみの歩幅に合わせて歩く。時折ショーウインドーに映る自分たちの姿を見たり、店先に並べられた品物についてあれこれ話す程度で会話が続かない。どうしても片思いしている僕の照れ臭さが勝ってしまい、ぎこちない会話にしかならない。

見かねた悟がいろいろと気を遣って話を振ってくれるのが本当にありがたい。英子の積極性とか向上心とか、目に見える部分だけで考えても彼女はたぶんA型だろう。悟はB型だし、やっぱり梨村先生の言っていた優性遺伝子と劣性遺伝子の違いなのだろうかと思った。悟たちの後ろを歩きながら、僕はひとみに話し掛けた。

「ひとみと英子って全然違うタイプなのに、いつも一緒にいるよね。疲れたりはしないの？　僕も悟とは全然違うけど……」

「疲れるっていうのはないかなぁ。英子は面倒見が良いって言うか。いろいろ相談にも乗ってくれるし……。私ね、好きな人がいるんだけど、その人には彼女がいるからどうしていいのかわからなくて……。英子は『そんなの簡単。奪っちゃえばいいのよ』なんて言うけど、私そんなのは嫌だし。サトルくんはどう？　好きな子に彼氏がいたら、それでも奪っちゃうタイプ？」

僕がひとみに好意を持っていることなど知る由もなく、まさかひとみの口からそんなことを言われるとは思ってもいなかった僕は、頭をフル回転させて思うままに口に出した。

「あ、うん。僕は奪うとかそういうのはできないと思う。誰かの幸せを壊してまで自分の欲望を満たそうとは思わない。相手の気持ちもあるだろうし。断られたりしたら結局辛いのは自分の方だし。でも、きっと断る方も辛いんだろうなとは思うけどね。僕は昔から、いつも自分のことは後回しなんだ。だからいつも損ばかりしてる。でも僕自身はこの性格嫌いじゃないんだよね」

「優しいんだね」

「臆病なだけだよ。恋ってそういうもんだろ？　振られるかも知れないって思うと告白とかできないタイプだから、俺」

相手が僕だったら、ひとみの気持ちに応えてあげられるのに、そうじゃない現実とか悔しさが交ざり合って、泣きだしたい気持ちになる。

「ひとみも優しいんだな。でも人生って一回しかないから、後悔しないでほしいな。僕は性格がこんなだから後悔ばっかりだけど」

ひとみは、ちょっと上目遣いにクスッと愛らしい笑窪を見せてくれた。（あー、どうして相手は僕じゃないんだろう）と、そんなことを思いながら黙ってしまった。

僕たちの数歩前を歩いている悟と英子の後ろ姿を見て（あいつら二人でいる時ってあんまりないけど妙に楽しそうだな）と思って、ちょっと毒づいて言ってやった。

「おい悟！　話が弾んでるとこ何だけど、お前たち付き合ってたりしないよな」

「はあ？　やめてくれよ！　いくらなんでも英子みたいなガツガツ女はないだろ」

「ちょっと！　ガツガツ女って何よ！　あたしだってあんたみたいな調子のいい男なんてお断りだわ。あたしは守ってくれる王子様タイプの男がいいの！」

投げ遣りな言い方だったけれど、少し頬を赤らめている英子の姿が微笑ましくて、ひとみと顔を合わせて笑った。こうして話したり、一緒にいる時間は限られているのに、何も動けないでいる自分がなんだか悔しい。

英子と悟の話す声に背中を押されたのか、ひとみが僕の方を見て言う。

「サトルくんは好きな子とかいないの？」

あまりにも直球すぎて答えに躊躇していると、追い打ちをかけるようにひとみが言葉を投げかけてくる。

「後悔しないようにって、サトルくんが言ったんだよ」

「そうだな……。気になる娘はいるんだけど。あと少しの勇気がなくてね。ずっと片思いだよ」

「そうなんだ……」

ほんの少し沈黙があったあとで、

「私、応援しているよ」

と、はじけそうな笑顔で言ってくれた。

「……ありがとう」

それ以外には言葉が見つからなかった。

最後の角を曲がると、僕たちが歩く先に黄色い『M』の文字がゆっくりと回転しているのが見えてきた。

◆

「これっていつまでやるんだ?」

今日も学校のエントランスでは、クラブ勧誘の生徒たちが大声で叫んでいる。前日よりは人数も少なくなっているようだが、悟と二人で職員玄関の階段に腰掛けてその様子を窺っていた。僕も悟と同じで、ウチの部には関係のないイベントだという思いがあったが、前日と違うのは、僕の手に一眼レフのカメラがあることだけ。生徒会から、卒業アルバム用に何枚か撮っておいてほしいと要請があったからだ。写真部ではモノクロの写真しか現像やプリントはできないが、今回生徒会から渡されたのはカラーフィルム。現像代は生徒会が負担するらしい。

僕は人物を被写体にした写真が好きだ。子どもとか、老人とか、両極端なテーマが好きなのは、どちらも被写体の後ろに人生が見え隠れするからだ。

今日は、引いた全体像や生徒たちの表情とかも狙いたかったから、広角から望遠までカバーできる5倍ズームを装着してきた。ただ重い……。（一脚持ってくれば良かったな）と後悔した。

悟はと言えば、演劇部の部室からラジカセを持ってきて、中森明菜の新曲『ミ・アモーレ』を流している。

「明菜ちゃんのこの新曲もカッコいいよな」

そう言う悟に僕は、

「俺は『セカンド・ラブ』とか『トワイライト』とか、スローな曲の方が好きだけどな」

と言いながら、試しに一枚、全体の構図がちゃんと収まるか撮ってみる。

「お前がカメラ構えてるとこ初めて見たけど、意外にカッコいいな」

「そうかぁ。男のお前に言われても、嬉しくも何ともないけどな」

イタズラっぽく答えると、

「褒めたつもりだったんだけどな」

「わりぃ」

悟に物凄く悪いことをしたような気がして、胸が痛くなった。

「そういえば、昨日のあの娘たち野球部行っちゃったかなぁ」

悟がそういう間にも僕は何度かシャッターを切っていた。入部交渉している姿とか、冗談を言っているのか、みんなが笑顔になってる場面とかを。

ファインダーから見える世界は物凄く狭いけれど、小さなフレームの中には、そこでしか見ることのできない世界観がある。音のない世界なのに、いろんな音が聞こえてくるようで僕は好きだ。

何枚か撮って、ファインダーからあちこちを眺めていると、一瞬、全体が真っ暗になり、そしてそれが薄いオレンジ色に変わった。

「こんにちは」

明るい、そして少しトーンの高い声で昨日の女子生徒が僕のレンズの前に手を翳（かざ）していたのだ。すかさず悟が問いかける。

「野球部のマネージャー決めたの？」

「まだ迷ってます」

そう答える彼女に僕は少し語気を強めて、

「マネージャーなんて、よほど根性がないと続かないって。それに君みたいなかわいい娘にはマネージャーとかしてほしくないな」

「え？　どうしてですか？」

「君みたいな娘は、表舞台に立った方が映えると思うからさ……」

言ったあとから頬が熱を帯びてくるのがわかった。何だろう、この感覚。僕は、目の前に立っている一年生の話す言葉に真剣に答えている自分に驚いていた。

それから二人は、悟と僕の関係とか、名前が同じであることとか、性格が全然違うことか、くだらない話で盛り上がっていた。それに、血液型の話とかも……。その間も僕はファインダーから見える世界を何枚か切り取って、「これくらいでいいか」と呟きながらカメラを下ろした。

二十四枚撮りフィルム。残り五枚。


翌日も僕たちはいつもの指定席で全体を眺めていた。相変わらず部員の勧誘をしている奴らを遠巻きに見ながら（お前ら練習時間なくなるぞ）と心の中で呟いた。僕の一眼レフは手軽な3倍ズームに姿を変えて今日も待機している。

悟があの一年生の野球部入りに興味を示している理由は何となくだがわかる。

悟は子どもの頃から地域のスポーツ少年団に所属して、少年野球で白球を追いかける野球少年だったのだ。真剣にプロを目指していたのかどうかは知らないけれど。でも高校では、プロどころか甲子園すら目指すことはなかった。一度だけ悟に野球をやめた理由を聞いたことがある。でもあまり話したくない様子だったからそれ以上は聞かなかった。

なぜ演劇部を選んだのか？　実のところ、それも知らない。これは僕の推測でしかないが、きっと悟は野球から一番遠いところを選んだのではないかと思っている。

桜の季節が過ぎて、すっかり春にはなっているけれど、日当たりの悪い職員玄関の階段は、風が吹くと肌寒さを感じる。エントランス部分は陽射しもあって暖かそうだ。

僕はカメラを構えてファインダーを覗く。悟はそれを階段に腰掛けて見ている。今日は昨日とは違ってレンズが短いから遠くは望めない。フレームの中では、色とりどりのユニホームを着た連中や、いかにも〝新入生です〟と言わんばかりに学生服をカッチリと着こなした男子生徒、それにお手本のような丈のセーラー服に身を包んだ女子生徒が動き回っている。

ゆっくりとカメラを右に振ると、英子とひとみの姿がフレームインしてきた。フレームの中で英子と目が合い、慌ててファインダーから目を離すと、大きく手を振ってこちらに歩み寄ってきた。

「ハーイ！」

いつも元気すぎる英子がハイタッチをしてきた。その後をひとみがニッコリ微笑んで続く。悟が立ち上がって、僕より一段下にいることに気が付いた。英子は自然にその隣に立ち、そして悟がひとみを僕の隣に誘導してくれた。

「誰を追いかけているの？」

心の中を見透かすような眼つきでひとみが聞いてくる。

「いや、誰とか言うんじゃないんだ。クラブ勧誘の様子を撮ってくれって生徒会から言ってきてさ」

「ふーん、そうなんだ」

「今回初めて言われたから、毎年部長にお願いしているんだろうね。でもこうやって人間観察するのもなかなか楽しいよ」

そう言ってもう一度ファインダーを覗くと、フレームの隅にあの娘がいた。彼女が中心になるようにカメラを動かした時、僕の人差し指は無意識にシャッターを切っていた。ズーミングしてもう一枚。さらに……。

気が付くとすべてのフィルムを使い切っていた。（これは生徒会に現像なんて頼めないな）と思い、フィルムをポケットに押し込んだ。

「こんにちは。今日も撮影ですか？」

「やあ、こんにちは。もう終わったところだけどね」

軽く挨拶を交わして、時折吹く冷たい風に身を預けていると、英子が悟に肘打ちしたあとで不貞腐れたように言う。

「誰？」

悟が口籠もっていると、

「あ、すみません。私、商業科一年四組の前田彩加(あやか)です。クラブ説明会の時に、こちらの先輩の声が素敵だなって思って……。あの日ここで初めてお会いしたんです。いろいろお話しさせていただいて、参考にさせてもらってます」

あまりに丁寧な自己紹介に呆気に取られ、自分の紹介すらできていなかったことを恥じた。それは英子とひとみも同じで、二人は顔を見合わせ、慌てて彼女の方に向き直ると英子が一歩前に歩み出た。

「そうだったんだね。私はサトルたちと同じクラスの星野英子。で、こっちが……」

「私は吉田ひとみ。よろしくね。そっか、サトルくんの声かぁ。いつも一緒にいるから何にも思わなかったけど、そう言われると確かにいい声してるよね。これでイケメンだったら好きになっちゃうかも」

ひとみの一言で僕の心臓は行き場をなくしてしまい、ただ鼓動が激しくなるのを感じることしかできなくなった。三人はケラケラと笑ってすぐに打ち解けて、僕と悟はただ茫然とその光景を眺めるしかできなかった。

現像に出していた写真が出来上がると、その中からネガと彩加ちゃんの写真を抜き取り、残りを生徒会室に持っていく。ネガのことを言われたら「著作権は写真部にあるので」と言ってごまかすつもりだ。

僕の心配をよそに何も言わずに写真だけを受け取ってくれた。現像代金の請求をと言われたのだが、領収証をもらうのを忘れたと言って申し出を断ってきた。

僕がなぜ彩加ちゃんの写真を撮っていたのか、それは僕にもわからない。五枚の写真が存在する以上、あの時の僕は無意識に彼女を追いかけ、そして無心でシャッターを切っていたということになる。

クラブ説明会の日から三日。あの日から毎日彼女の姿を追いかけている自分に気が付いた。僕の中で何かが変わろうとしている。そして動きだそうとしていた……。

◆

僕は五枚の写真の中から一枚を抜き取り、学生服の内ポケットにしまった――。

エントランスの端に建つ商業科の校舎は、老朽化が進み常に新築の噂が流れてはいるが現実的にはまだまだ先の話だろう。

目指す教室は一階の一番奥。入口には『S1―4』と書いてある。後ろ側の入口まで行くと、ちょうど女子が飛び出してきた。

「すみません。前田彩加さんているかな?」

「ちょっと待ってください……」

程なくして彩加ちゃんが内履きを滑らせながら駆け寄ってきた。

「先輩! どうしたんですか?」

「この間さ、君の写真も何枚か撮っていたんだ。その写真を届けに来たんだけど」

教室の戸にもたれ掛かりながら、一枚ずつ確認するように写真を見つめ、少し間をおいてから彼女が呟いた。

「私、こんなふうに撮ってもらったの初めてです。なんかすごいですね。とっても嬉しいです」

これ以上ない褒め言葉に、人差し指で頭を掻きながら「ありがとう」と答えた。彼女は交差させた脚先を見つめながら、もし迷惑でなければこの後お礼をさせてほしいと言ってきた。もちろん断る理由はないのだけれど、明日なら大丈夫だと告げてその場を後にした。

僕はこの時〝明日また会える〟という高揚感に溢れ、初めて前田彩加という女の子を意識している自分がいることを知った。それと同時に、二年間想い続けてきたひとみの存在が徐々に小さくなっていることにも気付いた。

夜から降りだした雨は、明け方からさらに激しさを増し、アスファルトの上で激しく躍っていた。天気予報は雨。

玄関の下駄箱の前に座り、茶色い扉を開けて、まだ新しい箱を手に取る。ゆっくりと蓋を捲ると、白い紙に覆われた黒光りしているローファーが顔を出す。彩加ちゃんと二人で歩く姿を想像すると、そこにはこのローファーにいてほしいと思う。彼女と初めて会った時に履いていた靴。でも一日止みそうもない雨を前にして決断が揺らぐ。

結局ローファーの出番はなく、一段下の棚にあるチャッカブーツに足を滑らせた。

今日の僕はいつもと違う。教壇に立って話す先生の言葉も、教室のざわめきも一切耳に届かず、ただ窓を濡らす雨の音だけが僕の頭にこだまする。

左手で頬杖を突き、グラウンドに焦点を当てれば茶色い雨粒が跳ね、目の前のガラスに焦点を当てれば、ぶつかって下の方へと流れ落ちる。静かな雨音が憂鬱さを加速させる。

いつもは机二つ分の距離にもどかしさを感じていたひとみとの距離も、今日は一段と離れているように感じる。悟も僕の様子がいつもと違うことに気付いているようではあるが、そこに触れてくることはない。僕は時々見せる悟のこういう優しい一面を知っている。一番近くにいて、一緒にいて、それでも時にはそっと一人にしてくれる。悟の横顔を見て一度目を伏せる。ちょっと鼻の奥がツンとする感じがした後で、そっと心の中で呟いた。

（ありがとう）

休み時間。多くの生徒たちが思い思いの場所に陣取り、昨日のテレビのことであったり、恋バナであったり、様々な話題で賑わう廊下に悟を連れ出した。

「今日ちょっと先に帰るわ」

「いいけど、どうした？」

「この間写真撮っていただろ？　あの時少しだけ彩加ちゃんの写真も撮っていたんだ。昨日彼女に渡してきた。そしたらお礼がしたいって言うからさ、その付き合い」

そう言った途端に悟は察してくれて、ひとみと英子にはうまく言っておくから、ゆっくり楽しんでこいと背中を押してくれた。悟の肩を摑んで思い切りハグすると、周りの視線が一気にこちらに集中するのがわかった。

「やめろって」

悟の気持ちが嬉しくて、もう一度、さっきより強く悟の体を引き寄せると、悟はポンポンと背中を叩いてから僕の体を両手で抱きしめてくれた。

放課後、校門を出てすぐのところに彩加ちゃんが立っていた。紺色の傘を差し、足元を気にしながら濡れないように……。

「待たせちゃったね、ごめん」

「今日はブーツなんですね」

すぐに気付いてくれる彩加ちゃんの気配りが嬉しかった。ただでさえ女の子と二人で歩くことに慣れていないのに、今日は雨降り。傘の分だけ離れているお互いの距離に少し寂しい気もしたが、それよりも降り続く雨を恨めしく思う気持ちの方が強くて、時々傘を起こしてどんよりと曇る空を見るたびに、神様に憎悪感さえ覚えた。

「あー、これね。本当は靴にしようかと思ったんだけど、この雨だしね。僕は靴が大好きだからたくさんある。いい靴も安い靴もね。一度母さんに『あんたの足は何本あるんだ』って言われたこともあるよ」

「そんなにですか！」

僕の靴の話をこんなに興味を持って聞いてくれる彩加ちゃんに、少しずつ心が柔らかくなっていく感じがして、とても居心地がいい。

大通りに出ると、これまでの通りとは一転して人の数も多くなり、並んで歩くことも少しずつ窮屈になってきた。雨のせいか、歩道を歩く人たちのスピードも心なしか速く感じる。

「彩加ちゃん、傘閉じない？　僕の傘大きいから二人でも大丈夫だよ」

左手で傘を持ち、右手には鞄と行き場を失った紺色の傘がある。僕と彩加ちゃんの間にあった中途半端な空間も、今は空気さえも通れないほどに縮まっている。彼女の歩幅に合わせて歩いているつもりだったが、さっきまでしっかりと歩いていた彩加ちゃんの足取りがほんの少し重くなる。

「足、大丈夫？　濡れてない？」

「大丈夫です。それより、チェックの傘とか学校大丈夫なんですか？」

「高三とかなると、あんまり厳しく言わなくなるんだわ。最初は賭けだけどね」

「ふ～ん」

「だから五月になったら内履きも変える。真っ赤なスニーカー！　ハイカットの」

「目立ちすぎですよ！　先輩！」

二人同時に笑いだした。

通りから一本細い路地に入ってすぐのところにその店はあった。店先に五段ほどレンガを積んだ、背の低い植え込みのある店構えで、入口の上には『Ｒｏｏｋ（ルーク）』という店名が書かれてある。彩加ちゃんに連れられて来た場所は、普段高校生が来るような店ではない印象だったが、どこからか漏れてくる香りで、そこが喫茶店であることだけはわかった。彼女がドアを引くと、カウベルの音がカランと鳴るのと同時に、

「いらっしゃいま……ああ、彩加さん」

　髭を蓄えたマスターが、グラスを磨く手を止めて言った。

「今日は私がお客さんね。学校の先輩も連れてきたわ」

「そうかい。いつもと逆だな。カウンターでいいかい？」

　見た目よりも優しそうな眼差しで僕に一瞥をくれると、彼女に、お父さんは元気かとか、最近あまり忙しくないだとか話しだした。

　店内にはビルボードか何かの洋楽ヒットチャートが小さく流れている。〝いつもと逆〟ってどういうことだと思いながらマスターの後ろの棚に目をやると、見たこともない数のお酒がたくさん並んでいて、夜はＢａｒになるんだとわかった。僕はコーヒーを、彼女はオレンジジュースを注文した。

「ここのお店は、私の家のお客さんなの」

「家って？」

「私の家はお酒屋さん。マスターにはずいぶん長い間ウチでお酒を買ってもらってるの。

大事なお客さんよ」

　誇らしげにそう言うと、軽く頭を下げてからマスターは彼女に、

「いつもお世話になっております」

と、今度は深々と頭を下げた。

　飲み物の準備をしながら、どうしてここへ来たのかと彼女に話し掛ける。彼女は隣のスツールに置いた鞄の中から例の写真を取り出すと、カウンターの上に置いた。

「これのお礼がしたかったの」

　マスターは彼女が置いた写真にチラリと目をやり、「お待たせしました」とコーヒーとオレンジジュースをカウンターに置いてから、写真に手を伸ばした。

「君が撮ったのかい？　凄いな。ポートレートみたいにどれも上手く撮れてるよ」

「でしょでしょ！」

　はじけるような笑顔で身を乗り出し、マスターに同意を求めている彼女の横顔が堪らなく愛おしいと思うのと同時に、恋の始まりを予感した。

「将来はカメラマンとか？」

「今は写真部ですけど、あくまでも趣味の範疇ですから」

「いただきます」と一言言ってから、コーヒーを一口啜る。家では味わったことのない深い味に、思わず「美味しい」という言葉が口を衝いて出た。小さく言ったつもりだったの

だが、マスターにはちゃんと届いていて「ありがとうございます」と一礼をくれた。

「彩加さんも高校生か。素敵な彼氏もできてお父さんもご心配でしょうね」

「そんなんじゃないですぅ」

多少皮肉も交じった感じはあったが、〝彼氏〟という響きに反応してしまった僕の方が恥ずかしさを覚えて、はにかんでしまった。

「お店の名前のルークって、チェスのですか？」

「おっ、チェスやるのかい？」

「いや、ゲームはできませんけど、駒の名前くらいは知っています」

「正解だ。戦車っていう意味だけど、ドイツ語だと砦って意味になるんだよ。駒の形もそれっぽいだろ？　この店は俺にとっては砦だからな。あと、ルーク・スカイウォーカー（Luke Skywalker）も好きだしな」

「ルークって、あの映画の主人公ですか？」

「そう」

マスターと僕との軽妙なやりとりを、うっすらと笑みを浮かべながら聞いていた彼女も、最後のオチでは大きく口を開けて笑っていた。

それから三十分ほどおしゃべりをしていると、店内のＢＧＭがジャズに変わり、そろそろ夜の準備を始めるとマスターが告げに来た。彼女が鞄の中からお財布を取り出してお勘

定をお願いすると、

「今日は俺の奢りだ」

「ダメです。私たちそんなつもりで来たんじゃないんですから」

「じゃあ五〇〇円だけ……」

「ダメです」

高校一年生とは思えない詰め寄りようで、マスターも頭を掻いていたが、僕はそれよりも彼女が言った〝私たち〟の方が気になってしまい、その場に立ち尽くすことで精いっぱいだった。

彼女は代金の八一〇円を支払い、マスターと何か話している。

僕の手持ち無沙汰な様子に気付いたのか、マスターが彼女の話を左の掌で遮ったのが見えた。こちらに向かって歩いてくる彼女の後ろでマスターが手を挙げたので、小さく会釈をするとマスターはにっこりと微笑んでくれた。

今度は僕がドアを開ける番。ゆっくりとドアを押しカウベルが鳴ると、

「また来いよ。えーっと……」

「ルーク・スカイウォーカーです」

大きく、そして豪快に笑うマスターの声が僕たちの背中とドアの向こうに消えていった。

「で？　昨日はどうだったんだ？」

「やめろよ、そういうの」

　悟が僕を小馬鹿にしたような、そして全身を舐めまわすような仕草で聞いてくるものだから、ちょっとイラッとして強い口調になってしまった。こんな些細なことで悟のことを嫌いになったりはしないのだけれど。

　僕は昨日のことを話してはみたけれど、相槌を打ちながら、「それで？　それで？」と深追いしてくる悟に嫌気が差してきて、途中で話を打ち切った。一瞬間があってから、

「違うだろ。そういうことじゃないって！　お前の気持ちはどうなんだってこと！」

　悟に言われて、自分の今の心の中の状況が摑めていないことを思い知らされた。

　昨晩家に帰ってからも、二年間想い続けてきたひとみへの気持ちよりも、彩加ちゃんに対する気持ちの方が大きくなっていることを僕は確信していたし、人の心がそんなに簡単に変わってしまうものなのかという疑心もあった。

「うん。たぶん好きなんだと思う。彩加ちゃんのこと。でもわかんねぇんだよ。ひとみの時とはなんか違う感じだし……」

「それでいいんだよ。俺もよくわかんねぇけど、きっと彩加ちゃんの方が本当の恋なんだと思うな。今までのお前より、今の方がずっと痛々しいからさ」

痛々しいという言葉は的を射ていて、昨日、Ｒｏｏｋから帰ってからずっと机に向かって考え込んでいた。心の色だとか、心の温度だとか、考えれば考えるほど胸が痛くなって、自分じゃない気さえしていたし……。

悟は、今の僕の方が人間らしいって言ってくれた。人間らしいという響きは、今の僕には重すぎるけれど、彩加ちゃんによって僕の心が動かされたのは事実。悟の優しさが身に沁みた。

僕は誰も苦しめちゃいない。僕の心の思うままでいようと決めた。

翌日、担任に呼ばれた悟が、教室に戻るなり神妙な面持ちでこちらに歩を進めてくる。椅子の向きを変えたかと思うと、背の部分に腕をもたれ深く溜め息をついた。

「恋でもしたか？」

揶揄（からか）うように、できるだけ冷たく言うと、

「それはお前だろうが！」

と数十倍の熱量で返ってきた。

進級してからまだ三週間だというのに、進路調査票を書けと言われたらしい。悟とはもちろん、他の級友ともそんな話をしたことがないし、自分の進路なんて考えたこともなかった。

「で、どうしろと？」

僕は、ドラマでよくある、悪事を企んでいる男のように、低く小さな声で聞いた。

「そんな難しい話じゃないんだけどな、進路のことも考えないとだめだぞって。俺、成績悪いしさ、でも体力あんだろ？　だから警察の採用試験でも受けてみよっかなぁって」

悟の口から警察なんて言葉が出てくるとは予想もしていなかった。『虚を突かれる』とはこのことだなと思った。

「本気で言ってんの？」

思わず声が裏返りそうになった。

「あれ？　話してなかったっけ？　俺の伯父さんってのが警察にいるんだよ。で、そのコネクションをフルに活用して……」

「結局コネかよ！」

これ以上ない冷たさで言い放ったあと、二人して笑った。

大きな声で笑っていると、英子が人差し指で髪の毛をクルクルさせながら寄ってきて、

「なに騒いでんの？　二人して」

と言ったあと、悟の前の席の椅子をくるりと回転させて、こちら向きに座った。

僕は悟の方を指さして、

「コイツがさ、伯父さんのコネで警察官になるなんて言いだすからさぁ」

「マジで言ってんの？　でもさ、アンタが本当に警察官になるんだったら、あたし結婚してあげてもいいよ」

……絶句した。

◆

「はい、前田酒店です」

「もしもし、こんばんは。安田と言いますが、彩加さんお願いできますか？」

「彩加？　ウチにはそんなやついねえぞ」

一瞬、何を言われているのかわからなくて困惑していると、遠くから「ちょっと、そういうのやめてよ」という彼女の声が聞こえてお父さんの言葉の意味が理解できた。

「ごめんなさい、彩加です」

「こんばんは。安田です」

初めての電話の緊張からか、安田と言ってしまったが、サトルと言った方が良かったかと少し後悔した。

「先輩！　電話ありがとうございます」

いつものトーンに変わって、少しずつ僕の緊張が解けていくのがわかる。というか、彼女の声を聴いたことで、いつもの自分に戻っていくのがわかる。

　昨日のお礼を一通り伝えてから、どこへ連れていかれるのかという不安や、店の前に立った時に緊張したことや、マスターとのやりとりが楽しかったことを、たくさん話した後で、

「明日の土曜日なんだけど、学校終わったら一緒にごはん行こうよ。近所のお兄さんがやってるお店がＪＲの東口の近くにあるんだ。『Ｒｏｏｋ』みたいな小さいお店だけど、割とちゃんとしたイタリアンなんだ。どう？」

「はい、ぜひ！」

「じゃ、僕は明日三限で終わるから、二丁目の本屋の隣のキノコ公園で待ってる。わかる？」

　ただ嬉しかった。電話で話せたことも、彼女と約束できたことも……。何より『明日』が来ることがこんなに待ち遠しく感じられることが嬉しくて堪らなかった。


　夜になって、僕は一人で近所の氷川公園にやってきた。周りには、カエデやコナラ、あとはサクラやクスノキなんかがあり、それらの間にはアジサイやツゲやツツジなどの低木も植えられている。それらを背にするように幾つかコンクリート製のベンチが設置されていて、こんな時間でもジョギングの途中で休んでいる人の姿もあった。

僕はベンチに腰掛け、後ろに手をつき脚を前に投げ出してゆっくりと首を後ろに倒す。空は紺色にも見えるし、濃いグレーにも見える。高木が大きく枝を張り出しているだけで、ここから見える空は遮るものがなく、どこまでも広がっているように感じる。

時折、遠くから聞こえる電車の走る音や、木々の葉が擦れ合う音がして心地いい。これまではこんなふうに思ったことはなかったけれど、木々の間を通り抜ける風の音や、どこかに隠れて小さく鳴いている虫たちの声が『生きている』ことを実感させてくれる。

彩加ちゃんと出会ってから確実に僕は変わった。いや、彼女が僕を変えてくれたのかも。

雲の切れ間から明るく光る星が顔を出した。ゆらゆらと光を揺らしながら輝く星を見上げ、（明日、彩加ちゃんに気持ちを伝えよう）と決めた……。

いつもより一時間早く目が覚めた。

「どうしたの？　こんなに早く」

洗濯物を干しながら母さんが聞いてきた。僕は冷蔵庫を開けて、残りが少なくなった牛乳パックを取り出し、そのまま口の中に流し込んだ。

「うん、昨日はあんまり眠れなかったよ」

昨日、公園で一人空を見上げて告白を決意したまでは良かったのだが、何て切り出そうかとか、どうやって気持ちを伝えようかとか考えていたら眠れなくなってしまった。

「朝ごはん食べるでしょ？　今支度するから先に顔洗っておいで」

「うん……。あ、今日お昼食べて帰るから」

「あんた、そんなお金あるの？」

目を擦りながら一つ欠伸をして、そう言う母さんの背中を横目で見ながら洗面所に向かうと、白いポロシャツにカーキ色のズボンを穿いた先客がいた。誰？

「お、今日は早いなサトル。おはよう」

いつもはスーツにネクタイ姿なのに、どうしたのだろう。

「父さん！　おはよう。今日は休みなの？」

「ゴルフの予定が飛んじまったからな。たまにはゆっくり……。それはそうと昨日公園で何してたんだ？　一人でぼんやりしてたみたいだけど」

「なんだ、見てたのかよ」

「ははは。まあそういう時もあるさ。そうだ！　後で父さんの部屋に来なさい」

父さんはそう言うと洗面台に置いた眼鏡をかけて出て行った。「朝っぱらから何だよ」と呟きながら歯ブラシを口に含んだ。鏡に映る自分の姿を見て「目も腫れてないしクマもない、ヨシッ！」。

食事を済ませて父さんの部屋に行くと、胡坐(あぐら)をかいて新聞を読んでいる後ろ姿があった。僕が来たのに気付くと、新聞を畳んで胡坐をかいたままクルリとこちらに向き直った。

「好きな娘でもできたのか?」

あまりに突然だったので、思わず顔を上げて座卓の向こうの父さんと目が合ってしまった。

「なんだ図星か」

何も答えられないでいる僕をよそに、父さんは淡々と話しだした。

「まあいいさ。父さんにだってそういう時はあったんだから。男だからわかるさ。それで相手は同級生なのか?」

「……一年生」

「それは辛いな」

「辛いって?」

「お前が卒業しても、その娘は高校生だぞ。ずっと付き合っていく自信はあるのか?」

考えてもみなかった。父さんの言うとおり、今の僕らにとって二歳の年の差は、そういう現実を生み出すものなんだと思い知らされた。でも……。

「サトル、ごめんな。お前を困らせるつもりはないんだ。この先の人生なんて何が起こるか誰にもわからない。たとえその娘とだめになったとしても、お前の人生の経験値としてはプラスでしかない。父さんは、お前に中途半端な気持ちでそういう付き合いをしてほしくないんだ。好きになったら男は真っ直ぐでなくちゃ」

嬉しかった。普段は仕事ばっかりで僕のことなんか眼中にない人だと思っていた。ちゃんと見てくれていたことが嬉しかった。もう一度父さんの方を見ると、真っ直ぐ僕の目を見て、

「お前は男なんだぞ。苦しいことや辛いことがあっても、ちゃんと前を向いて歩かなきゃいけない。どうなるかわからない先のことなんか気にせず、今を生きればそれでいいんだ」

そう言って父さんはすくっと立ち上がり、「その娘と美味しいものでも食べてきなさい」と財布から千円札を三枚出して手渡してくれた。

「母さんには内緒だぞ」って……。

◆

ホームルームが終わってすぐに、僕は悟を連れて屋上に出た。悟も何か感じていたの

か、一切の抵抗をせずについてきてくれた。

「俺、今日彩加ちゃんに告白するよ。いろいろありがとうな。お前が背中を押してくれたからここまで来れた。がんばってくる」

「そうか。なんか俺までドキドキするよ」

相変わらず明るくその場を取り繕ってくれる。僕はコイツを本当の友だちだと思っているし、きっと悟もそう思ってくれているに違いない。

僕が少し錆びついた柵に両方の肘を掛けて、これから始まる恋物語に思いを馳せながら遠くを見つめていると、右側からすっと悟の右手が寄ってくるのが視界に入った。僕は振り向いて悟の手を真っ直ぐに見て、その手を力いっぱい摑んだ。がんばれよと送り出してくれる悟に視線を上げて、摑んだ手を二回揺らした後、ありがとうと言って左手で悟の体を引き寄せた。


コツコツと足音を響かせながら、公園までの道のりを一歩ずつ、その感触を確かめるようにアスファルトを踏みしめる。足下のローファーに太陽の光が反射して眩しい。逸る気持ちをおさえながら歩いていたつもりだったが、いつの間にか公園の手前まで来ている自分に少しおかしくなった。

この公園には、その中央にキノコを象ったコンクリート製の遊具があり、キノコ公園と呼ばれている。近所の氷川公園とは規模もその造りも全く異なり、コンセプトの違いがはっきりとわかる。キノコの周りにはブランコや滑り台があり、子どもたちが歓声をあげている。

僕は隅のベンチに座り、昨日のように空を見上げた。空は一際青く、白い雲はゆっくりと流れる。時間の流れはこんなにゆったりしていて、父さんの言っていた『今を生きる』という意味が少しわかった気がした。

十二時三十五分。遠くにチャイムの音が聞こえた。あと十五分くらいだろうか……。

そんなことを思いながら公園の入口に目をやる。誰もいない、木の影だけが動いているその空間に、額に薄っすらと汗を滲ませ息を弾ませながら入ってくる彩加ちゃんの姿が、僕には見えている……。

滑り台では、三人の子どもたちが息を切らしながら、順番に上ったり滑ったりを繰り返している。後ろのベンチには、子どもたちの様子を見ながら公園会議を繰り広げているお母さんたちがいる。

その様子を微笑ましく眺めていると、目の周りがひんやりとした感触に包まれた。

「おまたせしました！」

彩加ちゃんが僕に目隠しをしていたのだ。彩加ちゃんの行動はいつも僕の予想を超えていて、一緒にいて飽きることがない。

「おつかれ！　ずいぶんと手が冷たいね」

僕がそう言うと、彩加ちゃんは僕の肩に手を下ろし、右側から僕のことを覗き込むようにして言った。

「おつかれさま！　おなかすいたよーん」

（ダメだ、完全にＫＯされる）という意識が僕の中で飽和状態になる。立ち上がって彼女の方に向き直ると、すごく自然に僕の左手に冷たい手を絡めてきた。僕の心臓の鼓動が少しずつ速くなるのを察知されないように、できるだけフツウに話しだした。

「じゃ、行こうか。イタリアン好き？」

「うん、ハズレがないのがいいね。見た目も味も」

「そうだね。今日のお店は、小さいお店で目立たないところにあるから、隠れ家みたいで気に入ってるんだ。僕らみたいな高校生でも利用できるように、量を少なくしてリーズナブルに出してくれるんだよ」

「なんか聞いていているだけでワクワクするよ」

かわいすぎる！　（これでもし断られたら僕は当分再起不能だな）と思いながら、コツコツと足音を立てて歩く。

僕は革底の靴が立てるこの音が好きだ。二本の足で規則的にコッツコッツと音を立てれば、歩いているという実感はもちろん、大袈裟に言えば生きているんだって思える。彼女もすぐさま気が付いて、目線を下におろして僕の靴を褒めてくれた。

「今日も靴が光ってるね」

「うん、ありがとう。今日はコレって決めてたんだ。あの日君と初めて会った時もこの靴だったんだよ。だから絶対コレだって」

「そうなんだ。なんだか嬉しい。……あっ、そうだ！　昨日、何て言ったの？　電話で」

「あー、お父さん大丈夫だった？　普通に彩加さんお願いしますって言っただけだけど。そんなヤツいねぇー！　って言われて、どうしようかと思ったよ」

二人とも声を上げて笑った。女の子と手を繋いで歩いている自分は無敵だなと思ってニヤニヤしていると、「どうしたの？」と言われて、何でもないと答えたけれど、怪しすぎるなやっぱり。

楽しいおしゃべりが続くと時間の経つのも早い。僕たちはＪＲの西口から駅の高架下を通り抜け、東口から商店街の方に向かう。二つ目の角を左に折れると、急に道幅が狭くなる。僕は右の方を指さして、

「ほら、あれが美味しいって評判の『パッセージ』っていうパスタ屋さん」

「あー、聞いたことあるよ」

「ここは僕のお小遣いじゃ無理だから、大人になってからだな」

なんて話をしながら歩を進めると、左側に薄汚れた雑居ビルが見えてきた。一階にはお好み焼き屋さんが入り、ここの二階が今日の目的地。コンクリートの壁のちょっと高い所に、白くて小さな看板照明が張り付いている。

そこには『トレヴィ』と書かれている。僕が看板を指さして、ここだよって言うと、

「トレヴィ？」

「そう。ローマのトレヴィの泉のそれ。さ、行こうか」

「ローマへ？」

「それは無理だな」

笑いながら細い階段を一直線に二階まで上がると、ガラスの扉が待っている。

ゆっくりと扉を開けると「チャオ！」と声がして、いつものお兄さんが出てきた。僕も「チャオ！」と返すとにっこり微笑んで、壁一面天井から床までガラス張りの、通りに面した二人用のテーブル席に案内してくれた。

テーブルの上には『予約席』と書かれたプレートが置いてあった。

「よぉ、久しぶりだな。彼女さんかい？」

「お久しぶりです。そんなんじゃ……」

何と答えていいかわからず、僕は言葉を濁した。予約席だなんて大袈裟だけど、僕はこ

の席が一番好きだ。下の通りを歩く人たちの姿が見えるから。雨の日は特に、たくさんの色とりどりの傘が、右からも左からも移動してくる様がとても綺麗で、外国にいるような気分になる。

「何か食べたいものってある？　一応メニューもあるけど」

「メニューとか見ると迷っちゃうからいいや。私、ドリアが食べたい！」

「じゃあさ、エビドリアでいい？　ここのエビドリア美味しいから」

「うん！」

サラダを一つと、エビドリアを二つ注文した。


「あー、美味しかった！」

その一言だけで十分嬉しかった。誰かと一緒に食べる食事はどうしてこんなに美味しいのだろう。

食事が終わるとすぐにお兄さんがやってきて、僕に一つウィンクをして合図する。

「食後のデザートです。今日はイチゴのジェラートになっています。ごゆっくり」

「ありがとうございます」

そう言って僕はウィンクを返した。

薄暗い階段を一段ずつ確かめるように下りていくと、アスファルトに反射した陽の光がその出口付近に差し込み、明るく照らしていた。

「ごちそうさまでした」

「どういたしまして。どうだった？　いい感じのお店だったたでしょ？」

「うん。ガラス張りってすごいね」

と言って彼女が眩しそうに見上げると、さっきまで僕たちがいたテーブル席の片付けをしながらお兄さんが手を振っていた。

一階にあるお好み焼き屋の看板を見ながら、今度はここに来ようねと言いながら、また手を繋いで歩きだした。

学校であったことや、これからある行事のことなんかを話しながらゆっくりと歩く。もちろんコツコツと足音を立てながら……。

僕はこれから始まるビッグイベントのことを思うと、どんどん緊張していくのがわかって、会話も途切れがちになってしまう。

「彩加ちゃん！　最近、神社って行った？」

「初詣の時に家族で行ったのが最後かな」

「この近くにあるから、行ってお参りしてこようよ」

僕は最終目的地に向かって、意を決して歩きだした。

入口に朱色の鳥居があって、本殿に向かって一直線に参道が続く。二人で真っ直ぐ歩いていると、

「おみくじとかあるかなぁ」

と彼女が笑顔で話しかけてきた。

「僕はおみくじってあんまり得意じゃないなぁ」

「あれって得意とかあるの？」

「ごめん、そういう意味じゃなくてさ、いつも大吉ってのも怪しい感じがするし、かと言って小吉ってのもなんか残念な気分になるだろ？　まあその時の気分なんだろうけどさ」

「それはわかる気がする。でもせっかくだから、あったら引いてみよ、ね！」

本殿の前まで来て、お賽銭を「せーの」で投げ入れる。二人で一緒に鈴を鳴らして、参拝した。

本殿の横には社務所があって、そこで二人でおみくじを買った。順番に開けようと言って、僕の方から開封すると、中吉と書いてあった。

「中吉だってさ」

「やっぱり中途半端な感じがするね」

おみくじの白い花が咲く枝に括り付けてから、

「彩加ちゃん！　おみくじ開ける前に聞いていい？」

「なに？」

「何お願いしたの？」

「えーっとね、楽しい高校生活になりますようにって」

「へぇー、真面目なんだね。きっと楽しい高校生活になるよ」

「先輩は？」

「それは言えないなぁ」

「あー、ズルいんだー」

そう言って彩加ちゃんは笑いながら僕を叩く素振りをした。

「ごめんごめん。神様には言えないことだよ」

「ん？　どういうこと？」

「でも、彩加ちゃんにだったら言えるよ」

「……」

「彩加ちゃんのことが好きだ。初めて会った日から、ずっと君のことを探している僕がいるんだ。これからも僕の隣には君にいてほしい。僕のプリンセスでいてほしい……ってね」

僕の方を真っ直ぐに見つめる彼女の瞳には、見る見るうちに涙が滲んできた。

彼女が歩みを寄せて、僕の胸に飛び込んでくると、その涙は堪え切れずに一気に僕の胸の中で溢れだした。

「ありがとう。嬉しいです。私も先輩のことが大好きです」

第二章　忍び寄る足音

ホームルームは退屈な時間だ。あれこれ連絡事項の伝達しかないのに毎日繰り返される。明日からのゴールデンウィークの過ごし方について、注意点を担任教師は話し続ける。飲酒や喫煙はもちろん、不適切な場所への入場はダメだとか。そんなことは何度も聞いているし、生徒手帳にも書いてある。何を今さら……。

「休み期間中に間違いのないように！　以上だ」

それだけ言うと、担任は挨拶もなしに教室を後にした。

「おいサトル、連休はデートか？」

「シッ！」

僕は口に人差し指を当てて、その後に続く悟の言葉を遮った。僕が彩加ちゃんとお付き合いを始めたことを悟には話したけれど、やっぱり英子やひとみに知られるのは、何となくだけど気が引ける。

僕たちのクラスは、普通科の中でも就職クラスと呼ばれ、進学希望者はゼロだ。まだ就職と言われてもピンとこないし、実際のところ何も考えていない。だからこそ、この間英子が言った一言が胸に引っ掛かっている。（英子が悟と結婚……いや、ありえないっしょ）

「これからどうする？　ウエスタンドーナツでお茶とか？」

悟が鞄に教科書を詰めながら、こちらの顔色を窺うように聞いてきた。「いいけど」と答える前に、英子が張りのある声をかぶせてきた。

「ウエスタン行く行く！　ひとみも行くでしょ？」

英子の地獄耳はレベル的にプロだと思いながら悟の顔を見ると、ニヤリとする悟と目が合った。結局いつもの四人で井戸端会議をすることになった。

ちょうど窓際のテーブル席が空いていたので、僕たちはそこに陣取ると、英子がテキパキと注文をまとめてオーダーをしに行った。その後ろ姿を頬杖をつきながら見ていた悟が、

「アイツ、こういう時は凄くマメに動くよな」

と言うので、

「いや、普段でも動く方だと思うよ。結構しっかりしてるところはあると思うし、基本アクティブ系女子だよ」

英子の横顔を目で追いながら、僕は思ったとおりを口にした。

「サトルくんの観察力ってすごいね！　まさにそのとおりだよ、英子は」

そんなふうにひとみに言われてちょっと嬉しかった。でも、今までとは少し違う感覚だった。

英子が四人分の飲み物をトレイに載せて戻ってきた。ひとみと英子はシェイク、悟はメロンソーダ、僕はホットコーヒーを頼んだ。彩加ちゃんと『Ｒｏｏｋ』に行ってから、僕はコーヒーを飲むことが多くなった。

「とりあえず、おつかれ！」

「うぃ〜」

そんなふうに僕らのいつもの時間が始まった。

窓際に座る僕の頰を指でつつきながら、

「コイツ彼女できたんだぜ」

悟の一言に英子は、テーブルを叩くように手をつき、立ち上がると同時に、「えーーっ！」という声が店内に響き渡った。一瞬シーンとなった後、僕らは他のお客さんや店員さんの視線を一気に浴びることとなった。

向かい側の英子が、「マジなの？」なんて聞くから、僕は、「一応」とだけ答えた。その後はお決まりの質問攻めにあうことに。

「で、相手は誰よ？」

悟が横から口を挟もうとすると、

「アンタに聞いてないでしょ！　で、誰？」

「ほら、クラブ勧誘やってた時に会ったことあるだろ、一年生の」

「あー、商業科の！」

「うん……」

まるで針の筵（むしろ）に座らされている気分だった。それでも、ひとみも英子も「良かったね」

と言ってくれて、内心は嬉しかったしホッとした。英子は僕の目を覗き込みながら、

「変な虫がつかないように、あたしたちがちゃんと守ってあげるから。心配は無用よ」

と言った後で、ひとみに向かって「ねっ」と同意を求めるような仕草をした。僕はそんな英子の、いつもとは違う優しい一面に触れたことも、気を遣ってくれることも嬉しくて、

「ありがとう。頼りになるよ」

と照れ笑いで返した。

それからしばらくして、そろそろお開きにしようかと話していた時に、悟が窓の方を指差した。

「あっ！　彩加ちゃん」

その声に促されるように僕らがそちらに目を遣ると、そこにはこちらに向かって手を振っている彩加ちゃんの姿があった。僕が彼女に手を上げて応えた時には、ひとみがすでに彼女の横にいて、時折大きく体を使いながら何かを話している。そして遂には彩加ちゃんと一緒にいた友だちまで連れて店内に戻ってきた。何やらイヤな予感しかしなかったが、案の定、今度は彩加ちゃんの方が針の筵に座らされることになった。

「何かごめんね。友だちも一緒だったのに」

僕と彩加ちゃんの二人は、英子から虫でも払うように「二人で帰れ」と言われ、店を追い出されてしまったのだ。きっと残された彩加ちゃんの友だちもいろいろと訊かれていることだろう。

「大丈夫です。また私の方からごめんって言っておくから」

僕は何も悪いことしていないのに、物凄く悪いことしたみたいな感じで、なんだか気持ちが悪い。

「いきなり連れて来たかと思ったら、今度は自分たちのことはいいから二人で帰れとか。ほんと無茶苦茶だよね」

「でも、みんないい先輩たちで良かった。ちゃんと守ってくれるってさ！　良かったね、先輩！」

ちょっとイタズラっぽく、上目遣いで僕のことを揶揄ってくる。でも今は、そんな彼女のすべてを愛おしく感じる。

「あ、そうだ！　彩加ちゃんに報告がある。今日から僕の内履きは……」

「まさか本当に真っ赤なスニーカーにしたんですか？」

「そう、ハイカットのね！」

夜、英子に電話をして、ウエスタンドーナツでの発言に対してありがとうと伝えた。本題はもちろんそこではなくて、この間の結婚発言についてなのは言うまでもない。正直、突然の発言に驚いたし、何より悟のことをどんなふうに思っているのかも知りたかった。

「あのさ、この間の結婚発言だけど、びっくりしたよ。あれって本気だったの？」

「あー、あれ？　あたし酔ってたかも」

「おい、ふざけるなって！　悟の話もどこまでが本気なのかわかんないけど、もし英子が本気なら俺は応援したいしさ。お前たち意外と合いそうな気もするし」

僕の悟に対する気持ちであったり、今回の彩加ちゃんのことで助けてもらったことであったり、父親から今を生きることの大切さを教えてもらったりしたことを、英子に力説した。英子にもみんなにも、自分に正直になって、心の思うままに生きてほしいってことも。

英子のテンションが一気に下がって、声のトーンも低くなる。

「サトル、ありがとね。勘違いしないで聞いてほしいんだけどさ、あたしは悟のこと嫌いじゃないよ。でもあとちょっとが足りないの。アイツいい加減なところがあるでしょ？　だから警察官みたいな堅い仕事の方が向いてると思うんだよ。だからアイツが本気で警察官になるって言うんだったら、応援したいと思ってるんだ。だからあんなふうに言ったの」

僕は英子のことを見くびっていたのかも知れない。僕よりも、もっと深いところまで悟のことを見てくれている。単純に嬉しかった。彩加ちゃんのことで、自分しか見えていなかったことが恥ずかしくなった。

「俺なんかよりずっと悟のこと見てくれてたんだな。余計なこと言ってごめんな」

「いいよそんなの。それより本当良かったね、彩加ちゃんのこと。悟から聞いたよ」

「えっ、知ってたの？」

「違うって！　ひとみのこと。諦めたんだね」

「それは違うよ。諦めたとかじゃないんだ。彩加ちゃんと出会って、話をしたりしてたら、いつの間にか好きになってた。それで、ひとみへの思いが小さくなってることにも気が付いたんだ。そしたら悟が背中押してくれてさ」

「そっかぁ。ひとみもどうするんだろね。あたしは『奪っちゃいな』って言ったんだけどね」

「ひとみはO型だから、そんなことはしないよ。優しいから」

「ハイハイ、どうせあたしはガサツなA型ですよ」

やっぱり……。

◆

四日間の連休が終わり、通常の学校生活が始まった。これまでと違うことと言えば、毎日学校へ来るのが楽しいってことくらい。学校に来さえすれば、毎日彩加ちゃんにも会える。

今までは気付きもしなかった、空の青さや風の匂い、それに太陽から降り注ぐ幸せ光線みたいなものが、ごく自然に感じられるようになった。これが恋のマジックというやつなのか。

僕たちの教室は、ちょうど進路指導室の真上にある。校舎自体が古く、音楽室や美術室、書道室に理科室などの特別教室の集合体。そこに僕たちの普通教室が一つだけある。入口には『F３―１』とある。

ただこの校舎のいいところは、廊下がすべて外廊下になっていて、ベランダふうになっているのだ。そこから中庭を挟んで商業科棟と向かい合わせになっている。僕にとっては最高のロケーションなのだ。

休み時間にベランダから彼女の校舎を見下ろすと、渡り廊下のところから彼女がこちらを向いているのが見えた。

僕は上から彼女に向かって、

「放課後そっちに行くから、一緒に帰ろう！」

と言うと、彼女が手で大きなマルを作ってくれた。優越感というか、至福の時。

その一部始終を見ていた悟が、

「おいおい、学校でロミオとジュリエットはやめてくれよ」

そう言われて、初めて自分の大胆さが恥ずかしくなった。でもそれも最初だけ。

放課後、彼女の教室の前で、帰り支度をしている彩加ちゃんを待っていると、二年生の野郎たちが小声で、

「前田彩加ってどの娘だ？」

と言っているのが聞こえた。僕は心の中で（彩加は俺の彼女だけどナニカ？）って言ってやったが、当然聞こえるわけはないので、白々しく教室の中を覗き込んで、

「おい、彩加！　帰るぞ！」

といつもより大きな声で言うと、

「誰だアイツ。ヤベッ、三年かよ」

と言ってそそくさと去っていった。

このクラスの女子たちは、すでに僕と彩加ちゃんが付き合っていることを知っていて、僕が教室に行くと、

「彩加、先輩来てるよ」

と彼女を呼んでくれる。だから僕も彼女たちにはなるべく優しく接してあげる。

彼女が教室から出てくると、

「お待たせ。なんか、優越感に浸ってたでしょ」

と、笑いながら言った後で、

「でも嬉しかったよ。彩加って呼んでくれて。私はまだ先輩ってしか呼べないけど……」

「いいよそれで」

「で？　何か用事があったんでしょ？　四階から大声で叫ぶくらいだから」

「それは学校を出てから話すよ」

僕と彩加の二人は校門を出ると、自分たちのことや家族のことなど、いろんな話をしながら歩く。しばらくそんな時間が続くと彩加が思い出したように、

「先輩はお昼どうしてるの？」

と聞いてきた。僕の学校には学食もあるけれど、基本は母さんの作るお弁当を持ってきている。

「お昼？　基本お弁当だけど、たまには学食も使うよ」

「じゃ、明日はお弁当にして！」

「それはいいけど、どうして？」

「明日は私がお弁当箱持って帰って、明後日のお弁当は私に作らせてよ。だめ？」

「だめなんてことないよ。本当に作ってくれるの？」

「うん！」

「すっごく嬉しいよ」

彼女は満面の笑みで、彼女自身も嬉しそうだ。僕はその数倍嬉しいけれど。

「あっ、それからクラスの子が言ってたんだけど、先輩って優しくていいよねって。でも私は嫌だな」

「どうして？」

「優しいのは、みんなにじゃなくて私にだけがいい」

人って誰でも、特に僕は敵を作りたくないから、できれば優しく、他人を傷つけないようにしてきた。だけど、それって自己満足なのかもって彼女に言われて思った。

「わかったよ」

自分とは違う人間と付き合っていくんだし、相手に合わせていくのも大事なんだなって。

「それで、先輩の用事って何？」

「用事は彩加と一緒に帰ること。それに話したいことは山ほどあるよ。ちゃんと決めておきたいこととかもね」

「そうだね。いつも一緒だと疲れちゃうし、エネルギー使いそう」

彼女はそう言って笑っていた。

◆

「母さん、明日もお弁当頼むよ」

僕は明日のお弁当よりも明後日のことが気になって、いつもよりもぎこちない会話になってしまった。

「あら、ごめんなさい。明日はお母さん早いから学食で食べてほしかったのに」

「そうなんだ……。ダメ？」

「作るけど、どうしたの？」

少し迷ったけれど、別に隠すことでもないと思い、

「実は、彼女が明後日のお弁当作ってくれるって言うからさ。明日は弁当箱持って帰るって言うんだ」

「あら、サトル彼女いるの？　どうりで最近帰りが遅いわけだ」

母さんはニヤニヤしながら僕の方を見てる。家族なのにそんなふうに見られるのはちょっと嫌だなと思いながらも、

「うん、最近だけどね」

「サトルも高三だもんね。青春って感じだわ、ふふっ。で、どんな子なの？」

母さんの興味本位の問いかけに少しうんざりしながら、僕が短ランの内ポケットから彼

女の写真を取り出してテーブルの上に置くと、洗い物をしていた手を休め、

「あら！　かわいい娘じゃない！　あんたにはもったいないくらいね」

と言い、僕は大きなお世話だと思いながら、母さんから写真を取り上げた。母さんはニコニコと微笑みながら、

「今度お休みの日にでも家へ連れてらっしゃい」

と言ってくれた。好奇心から出た社交辞令みたいなものだろうけれど、何も言われないよりはマシだと思い、

「ありがとう、母さん」

とだけ伝えた。


彩加の家に電話をする時はいつも緊張する。またお父さんが出たらどうしようとか考えると少しの不安が頭をよぎる。

お店が閉まってからの方がお父さん確率は下がるのだろうか……などと。別に悪いことをしているわけじゃないんだけど、やっぱり不安だな。

「はい、前田です」

「夜分にすみません。安田と言いますが……」

と言いかけたところで、

「先輩、彩加ですよ」

良かったと思うと同時にホッとした。

「あー、良かった。お父さんだったらどうしようって思ったよ」

「お父さん、そんなに怖くないって！」

そう言われても、前回のこともあるし……。

「でもやっぱり緊張するよ。あのさ、今日母さんに彩加のことを話したんだ」

「えっ！　お母さん何て？」

「休みの時にでも家に連れておいでって」

「本当！　良かったぁー」

電話の向こうで本当に喜んでくれている彩加の姿が想像できる。

「母さんがあんなこと言ってくれたから、彩加の声が聞きたくなって電話しちゃったよ。何してたの？」

「ヒ・ミ・ツ」

「何だよそれ」

「先輩も言ったじゃない！　あの時……」

そう言われて、彼女に告白した時のことを思い出した。あの時の言葉に嘘はないけれど、やっぱり秘密って言葉は重いなぁと感じた。

彩加は少しの沈黙の後、

「でも嬉しかったよ。あんなふうに言われたの初めてだったし。カッコ良かったよ、先輩」

「ありがとう。僕も緊張して前の日はよく眠れなかったんだ」

「ねえ、好きって言ってよ……」

「彩加が好きだ、世界中の誰よりも」


お昼休み。ベランダの柵に寄りかかって英子と話していた。もちろんテーマは悟のこと。英子の悟にまんざらでもない様子に、僕は何か不思議な気持ちで、事態の急変にちょっと戸惑っている。

僕は右側にいる英子に少し違和感を持っていた。何だろうと思ってボーッとしていると、

「ちょっとあんた聞いてるの？」

「ごめんごめん。なんかさ、右向いてしゃべるのって……あっ！　そういうことか！」

「はあ？　なに一人で解決しちゃってんのさ」

「いや、英子とこうして話してるのに違和感があってさ、何でだろうと思ったんだよ。よく考えたらいつも彩加は左側だなって」

「サトル、あんたいい加減にしてよね」

英子が少しキレ気味に言って、僕から離れて行ったのだが、すぐに踵を返して戻ってきた。しかも彩加を連れて。

「サトル！　花嫁連れてきたよ」

「はあ?」

花嫁とか言われて驚いて英子の方を見ると、英子と彩加の二人が話をしながら近づいてくる。英子が言う。

「彩加ちゃん、どうしたの？　こんなところまで」

「明日、先輩のお弁当を作ろうかなと思って。だからお弁当箱持って帰らないといけないから」

「えっ！　彩加ちゃんが作るの？　サトルのお弁当を?」

「はい！」

英子は、

「あんたたちすごくいいわ、羨ましすぎるよ」

と言いながら、

「あたしも恋したいなぁ」

と、なんだかぼんやりしていた。

僕は彩加に、

「放課後でも良かったのに」

と言うと、

「今日は真っ直ぐ帰るからね。久しぶりに自由を満喫してくださいな」

と戯けてみせた。少し待たせてお弁当箱を手渡すと、

「明日楽しみにしててね」

その一言に僕は大きく頷いた。


翌日、四限目の終わりを告げるチャイムが鳴り、彩加の手作りお弁当を待っていると、いつもはそそくさと食堂へ消えていく悟と英子が、今日はなぜか席を立たない。そして、僕の前の席にはひとみが、悟の席の前には英子が陣取り、僕はいつもの顔ぶれにあっという間に包囲されてしまった。

しばらくすると彩加が息を切らしてやってきた。

「遅くなってごめんなさい。四限目が体育だったから。はいコレ！」

「ありがとう。ちゃんと味わっていただきます」

そう言ってお弁当を受け取った。僕のお弁当は緑色の真新しい巾着に入れられていた。

「コレは？」

「これも作ったの。お弁当箱が変わっても使えるように、ちょっと大きめにしてあるんだよ」

「彩加って天才だな。ほら、アイツら見てみな。彩加の作ったお弁当が見たいんだってさ」

彩加は、教室の隅に陣取る悟たちに軽く会釈をして、

「じゃ、よく噛んで食べること！」

と言って、急いで廊下を走って去っていった。

僕が、彩加から受け取ったお弁当を持って席に戻ると、早く開けろと言わんばかりに凝視している。

ゆっくりと巾着の紐を解き、お弁当箱の蓋を開けると、

「おお！　すごーい！　美味しそう〜」

と三人は声を揃えて言った。いや、この表現に間違いはない。彩りも綺麗で、本当に美味しそうだ。ジロジロと見られながらの食事なんて経験もないし、なんだか食べづらいと三人に言っても、お構いなしに早く食べろと迫ってくる。

僕は卵焼きから口に含んだ。

「美味しい」

「お前幸せ者だな。彩加ちゃんのこと、大切にしろよ」

悟があまりにも真剣に言うから、場が白けてしまったけれど、ひとみも英子も僕が食べるお弁当に感心していた。

「男を捕まえるには、まず胃袋からって言うし、あたしも料理覚えようかなぁ」

英子の呟きにひとみもウンウンとただ頷くばかり。

彩加の作ってくれたお弁当は、僕のこれまでの人生で一番美味しくて、一番不自然な食事となった。

◆

ゴールデンウィークが明けて一週間。僕は放課後に担任に呼ばれた。ちょっと嫌な感じがして、(ひょっとして彩加とのことがバレた?)とか思っていたのだけれど、担任の口から出てきた言葉は意外なものだった。

「お前、生徒会の仕事手伝ってくれないか? これから学園祭や卒業アルバム編集とかで忙しくなるんだけど、人手が足りないらしい。どうだ?」

そういう仕事は、僕なんかよりも適任者がいるはずだと思った。何か陰謀のようなものを感じた。

「いつまでに返事したらいいですか?」

「できれば今！」

「それは無理です！」

「明日でいいよ」

　先生は少し笑みを浮かべながら言った。そもそも生徒会と言ったってピンとこないし、簡単に返事なんかできるわけがない。自分の時間も割かれるわけだし、もちろん彩加との時間も……。

　そもそも生徒会の仕事ってなんだ？　きっと頭ガチガチの真面目な生徒ばっかりが集まって、次元の違う話が飛び交っているんじゃないか？　とか、いろいろ考えても答えは出ない。

「なあ、今日担任に呼ばれて、生徒会の仕事を手伝ってくれって言われたんだけど、どう思う？」

　受話器を持つ手にもあまり力が入らない。彩加と話すことは、結果的に僕の判断力を鈍らせるだけだった。

「やったらいいんじゃない？　なんか面白そうだし」

「他人事（ひとごと）みたいに言うなよ。これでも珍しく真剣に悩んでるんだから。第一、放課後だよ！　会えなくなるかも知れないんだぞ！」

「ずっとじゃないでしょ？」

「そりゃそうだけどさ……」

　悟に相談した方が良かったかも、そんなふうに思った。


　一晩考えて、彩加の後押しもあって、生徒会の仕事を引き受けることにした。善は急げというし、お昼休みに担任のところへ。

「どれだけ力になれるかわからないけど、お手伝いさせていただきます」

　と気持ちを伝えると、

「そうか、やってくれるか。じゃ、これを持って竹林先生のところに行ってくれ」

　手渡された書類には『推薦書』と書かれていて、その下にはすでに僕の名前が筆ペンで書かれていた。なんだか物々しいことに足を突っ込んだんじゃないかという思いが募ってきた。

　職員室に入ると、紙やインクや人やコーヒー、さらには埃のにおいなんかが混ざって、独特のにおいとなって充満していた。机も使う教員によってその姿は様々で、綺麗に整頓されている机もあれば、隣の机との境界すらわからないほどに書類が積み上げられた机もある。

　竹林先生のところに着くと、例に漏れず本や資料が山積みになっていて、作業スペースはプリント一枚分ほどしかなかった。

机を挟んだ向かい側では、一人の女子生徒が吉田先生に何やら言われていた。（吉田って彩加の担任じゃねえのか？）と思いながら、竹林先生に預かってきた書類を渡し、もう一度女子生徒の方に目をやると、立っていたのは彩加だった。状況がのみ込めずにキョロキョロしていると、

「お、君が安田サトルくんか。よろしく頼むわ。何しろ頭数が足り……」

竹林先生は話し続けていたが、そこから先はあまり覚えていない。というのも、僕の耳は吉田先生の声に釘付けになっていたし、目は彩加の方ばかり見ていたからだ。

吉田先生は彩加の前髪を摑み、

「お前は何度言ったらわかるんだ！　切ってこいと何回も言っただろうが！　言ってもわからんのなら俺が切ってやる！」

そう言って机の中からハサミを取り出したところで、僕は我慢の限界を超えてしまった。

「お前！　何やってんだ！」

僕は机の周りを回り込んで、彩加の手を摑むと吉田先生から引き離し、

「いくら教師だからって、女の子の髪を勝手に切るとかやりすぎだろ！　俺がちゃんと切るように言っておくから、今日のところはこれくらいで許してやったらどうだ」

と突っかかっていくと吉田先生は、

「お前は誰だ？　関係ねぇだろ」

と歯向かってきたので、間髪を入れずに言ってやった。

「コイツは俺の女だ。彩加に指一本でも触れてみろ。絶対に許さねぇからな！」

そばで見ていた竹林先生は、口をあんぐりと開けたまま直立していた。

僕は彩加を連れて教室に戻って、一部始終を英子たちに話した。彩加は塞いでしまっていたが、

「彩加ちゃん、心配しなくて大丈夫だよ。あたしたちが付いてるから。お昼まだなんでしょ？　とりあえず戻ってごはん食べた方がいいよ」

と英子たちが声を掛けてくれた。その一方で悟からは、

「お前は大丈夫なのかよ。先生に啖呵切ったんだから、お咎めなしってわけにはいかないだろ」

「先輩どうかなっちゃうんですか！」

そう言う彩加に僕は、頭を撫でながらできるだけ優しく声をかけた。

「心配しなくていい。僕は大丈夫だから」

彩加はずっと「ごめんなさい」と言いながら泣いていた。

僕はひとみに、

「悪いんだけど、彩加を教室まで連れて行ってくれないか？」

とだけ頼んで、彩加には夜電話するからと伝えた。


今日のホームルームは、何とも言えない空気感がある。先生は明らかに機嫌が悪い。一通りの連絡事項を伝えた後で、

「安田、俺のところに来い！」

とだけ言い残して出て行った。

悟もずいぶんと心配してくれたが、「大丈夫だ」とだけ伝えた。確かに僕のしたことは行き過ぎた行為だったかも知れないが、あのまま成り行きを見ていたら、もっと心が痛かったと思う。後悔はしていない。

「じゃ、行ってくるわ」

一言だけ残して教室を出ると、クラスのみんなが僕の後ろ姿を見送ってくれた。

「失礼します」

そう言って先生の前に立つと、

「お前、吉田先生に喧嘩売ったらしいな。ずいぶんとご立腹らしいぞ」

「すみません。でも喧嘩を売ったわけではありません。啖呵切っただけです」

「同じようなもんだろ」

先生は冷静だった。

「それよりお前、学校中のヒーローになるかも知れねぇな」

ニヤリと笑い、それでいて目はしっかりと僕の方を見ている。しばらく俯いて黙っていると、

「明日、朝一で生活指導部に行ってこい。俺との話はそれからだ」

「わかりました。申しわけありませんでした」

先生は僕を見向きもせずに、いかにも不機嫌そうな声色で言った。

「いつまでそこに立ってるんだ？」

どうやら僕は解放されたようだ。

なんか釈然としない気持ちで校門を出ると、悟たちが僕の帰りを待っていてくれた。僕の顔を見るなり、

「どうだった？」

「明日、朝一で生活指導部へ行けってさ」

「それって処分ってことか？」

「たぶんな……」

「なんか納得いかないよね。元々は吉田が悪いんでしょうが」

英子が苛立った感じで言ったのだが、

「いや、きっかけは彩加だから……。俺は後悔してないよ。あのまま黙って彩加が髪切られるのを見てる方がずっと辛いし。あの場面では彩加を守ってやれるのは俺しかいなかったしな」

「サトルくんは悪くないよ」

ひとみが僕の制服の袖をつまみながら言った。

「みんなごめんな、心配掛けて。俺はどんな処分でも受けるつもりだよ。それより今は彩加の側にいてやりたいんだ。アイツの家がわかんないんだけど、酒屋だから電話帳で調べればわかると思うんだ。手を貸してくれよ」

「わかった。お安い御用だ」

十五分くらい経って悟が戻ってくると、

「ＪＲの駅の北側だな。東口から北へ行って広い通りを右。三本目を左に入った所だ」

悟の仕事の早さに脱帽だった。

「新聞販売店で電話帳借りたら、地図もあるっていうからさ。早く行ってやれよ」

「ありがとう」

みんなの優しさが身に沁みる。僕は知らず知らずのうちに走りだしていた。

ここか……。『前田酒店』と書いてある。間違いない。

「すみません」

僕は右手で戸を開けて、店の中に入った。奥からお父さんが出てきた。

「安田と言いますが、彩加さんはいらっしゃいますか？」

と訊ねると、

「ああ、あんたが安田くんか。いるけどなんだ？」

「彩加さんに会わせてください」

「ちょっと待て。その前に、なぜ彩加は泣いているのか説明しろよ」

それは当然の発言だと思った。大事な娘が学校から泣いて帰ってきて、心配しない親はいないだろうし。

「彩加さん、先生に前髪を切られそうになったんです。僕が止めに入ったんですが、その時に先生に暴言を吐いてしまって。明日、僕は処分を受けることになりそうです。たぶんそのことに責任を感じているのかと……」

「君はそれでいいのか？」

「納得はしていませんが、後悔もしていません。彩加さんはまだ十六歳です。こんなことで彼女の心に傷を負わせたくはないんです」

お父さんは僕の話を真剣に聞いてくれて、しばらく黙ってから、

「おい、母さん。彼を彩加のところに案内してあげなさい」

と言ってくれた。

「彩加、入るわよ。……じゃ、彩加のことお願いね」

僕は小さく頷いた。

ゆっくりと扉を開けて部屋に入ると、彼女はテーブルに伏して泣いていた。

「彩加、僕だよ」

彼女はゆっくりと顔を上げて、僕の胸に飛び込んできた。

「ごめんなさい……」

「気にするなって。僕は彩加が髪を切ったって嫌いになったりはしないよ。明日はちゃんと髪切って学校へおいで」

彼女は僕の胸に耳を当てて、小さく「うん」と頷いた。

「少しは落ち着いた？」

掠(かす)れるような声で、

「うん。一人で寂しかったの。来てくれてありがとう」

そう言って彼女は顔を上げた。

「だから言ったろ？　世界中の誰よりも彩加のことが好きだって」

僕はそっと彼女を抱きしめて、その小さな唇に口づけた……。

……そして翌朝、僕の処分が七日間の停学に決まった。

◆

停学明け。僕は生活指導部にいる。停学中に書いたレポートを提出し、指導部長のお話を聞いて、晴れて僕の停学は解除された。

「おはよう」

「サトル！　今日からなのか！」

仲間たちが出迎えてくれる。いい友だちを持ったなと思わず笑みが漏れる。

僕のいない間に、職員室での一件は、ほぼ全校の生徒・教職員の知るところとなり、僕は一躍有名人になっていた。特に女子からはアイドルでも追うような目で見られ、廊下の隅ではヒソヒソと話す姿が見られた。

「やっぱりサトルがいないと、俺も調子上がんないわ」

悟が僕の復帰を一番喜んでくれている。僕は今回も、悟には本当に感謝している。

「戻ってきていきなりなんだけどさ、アレやっていいか？」

「アレって？　あー、アレか！　いいぞ、やれやれ！」

僕はベランダの手摺りから身を乗り出し、商業科の一階に向けて叫んだ。

「おーい！　彩加ー！　おはよーう！」

その声に反応して、商業科の廊下は生徒たちで溢れてしまった。肝心の彩加は渡り廊下の隅に照れくさそうに顔を出した。

僕は勢いにまかせて、

「彩加ー！　大好きだぞー！」

と大声で叫ぶと、渡り廊下にいた彩加が、

「わたしもー！」

と返してくれた。


中間テストが終わって、いつものように彩加と二人で手を繋いで歩いていると、

「ショッピングセンター行かない？　街を歩くのもいいけど、たまにはいいと思わない？」

と、はじけるような笑顔で言ってきた。

「そうだな。行こう」

横断歩道を渡って、反対側の歩道を歩くと、なんだかいつもとちょっとだけ見える景色が違う。

「そこのバス停からバス移動だな」

「それはワクワクするね」

そんなことを話しながらバスを待っていると、彩加が突然に、

「私ね、将来男の子が生まれたらピアノを習わせたいな」

と言った。僕は心の中で（それは僕との子ども？）と思いながら、

「僕は女の子がいいな。名前はほのか。娘の結婚式で号泣するのが夢なんだ。でも、確かに男がピアノ弾いてる姿はカッコいいよ。スポーツもやらせてあげたいな」

「パパは写真部なのに？」

二人で大笑いになった。

ショッピングセンターに着くと、正面の大きな扉を僕が押して、彩加を先に通した。そのあとで後ろを確認してからそっと扉から手を離した。

「先輩って、そういうところスマートだよね」

「そう？　あんまり気にしたことないな」

「普通にできるところがカッコいいんだよ」

そんなふうに言われてちょっと嬉しかった。

紳士服や子ども服、家庭雑貨やレコードショップ、いろんなお店があって、確かに帰り道とは全然違う。子ども服のショップでは、これ親子のペアだとかわいいよねとか、小さい靴下を掌にのせて優しい笑顔を見せてくれた。いつもと違う彩加の一面が見られたようで、凄く嬉しい気持ちになった。でも、女性の下着売り場はちょっと照れたな。

放課後の時間ではとても全部を回ることはできない。「楽しみは次の機会に取っておこう」と言って、フードコートでたい焼きを買って食べた。

「そろそろ帰らないとね」

「もうそんな時間なんだ。先輩といると時間が経つのが早いよ」

「僕も同じだよ」

こんな時間がずっと続けばいいのにと思いながら、帰りのバスを待っていた。

駅方面のバスは何本もあって、それほど待たずに乗車できた。一人掛けの席に彩加を座らせて、僕はその横で吊革にぶら下がっていた。彩加が、

「ねえ、夏休みには海水浴にも行きたいね」

「……ごめん。ちょっとエッチな想像しちゃった。スクール水着はだめだよ」

「もう！」

ちょっとふくれっ面になってから、

「気合い入れて行くから」

「楽しみだね」

毎日学校で彩加に会えるだけで僕は楽しいし、これまでにケンカしたこともないけれど、時にはお互いの意見がぶつかり合ってケンカすることも大切なことのように思える。

バスに揺られながら、そんなことを考えていた。

駅に着いてから、

「家まで送ろうか？」

と言うと、

「大丈夫。先輩遅くなるから」

「じゃ、気を付けてね。今日はありがとう」

「先輩もね」

「あっ、今度の日曜日にウチ来ない？　母さんも会いたがってるし」

「うん、いいよ」

「また連絡するよ。じゃあね」

僕は一度歩きだしたあと向き直り、見えなくなるまで彩加の後ろ姿を見送った。


日曜日、いつもよりちょっとだけ早起きして、簡単に部屋の掃除をしてから、出かける準備をした。

「じゃ、行ってくるね」

「気を付けてね」

母さんが玄関先で見送ってくれる。僕は自転車で彩加の家まで迎えに行くことに。

朝は自転車も気持ちがいい。とにかく晴れてくれたことが一番だけど。

逸る気持ちを抑えながら、彩加の家までの道のりを急いだ。お父さんは何て言うかな。快く送り出してくれるかなとか考えながら。彩加が初めて僕の家に来る。それだけで胸が張り裂けそうになるほどドキドキした。

駅の東口まで来て、時計を見る。予定より十分くらい早いなと思い少しペースを落とした。それでも五分前には彩加の家に着いた。

「おはようございます」

「おう、君か。停学だったんだってな。彩加のせいですまなかったな」

「そんな、気にしないでください。父さんからも、後悔しないように今を生きろと教えられてますから」

「いいお父さんだな」

「ありがとうございます」

彩加のお父さんは、話してみると怖いイメージとはかけ離れているなと思った。ウチは酒屋だからお土産になる物がないからと、２リットルの烏龍茶のボトルを二本くれた。

「ごめん、遅くなった」

「彩加、時間にルーズなのはダメだぞ。でも男は惚れた女のことは何時間でも待てるんだけどな。そうだろ？　安田くん」

お父さんはちゃめっ気たっぷりに言った。

僕は「ハイ！」と答えて軽く会釈した。

「じゃ、お父さん行ってくるね」

「彼のご両親にちゃんと挨拶するんだぞ」

「わかってるよ」

彩加がいよいよ家にやってくる。


「あら、いらっしゃい」

僕も聞いたことがないような声色で、母さんが出迎えてくれる。

「おはようございます。前田彩加といいます」

彩加がペコリと頭を下げると、母さんが彩加の背中を押すようにして「さぁ、あがってくださいな」と家の中に促した。

「母さん、これ。彩加のお父さんが持っていけって」

「あら、ちゃんとお礼言ったんでしょうね」

「ちゃんと言ったって」

ちょっと面倒臭そうに返す僕を、彩加はくすくすと笑って見ていた。

母さんは、彩加のことを自分の娘のように接してくれて、

「夕べ、久しぶりにケーキ焼いたのよ。あとで部屋に持っていくわね」

母さんの焼いたケーキなんて何年も食べてないなと思いながら、その優しさが少し嬉しくも感じた。

僕は二階の部屋に彩加を案内して、ゆっくりとドアを開けた。この部屋に女の子が入るのはもちろん初めてのことで、片付けとか掃除とかも本格的にやりすぎて、今日はちょっとあちこちが痛い。ベッドと二段のチェスト、センターラグの上に小さなテーブルがあるだけの六畳の部屋だけど、クローゼットもあるし結構気に入ってはいる。壁には一九六〇年代のアメリカの街並みや、クラシックカーなんかが写った写真を小さな額に入れて飾ってある。ドアは開けたままにしておいた。

「綺麗な部屋だね。男の子の部屋って、もっとゴチャゴチャしてるのかと思ってたよ」

「僕はあまり物を置くのが好きじゃないからね。殺風景くらいがちょうどいいんだよ」

彩加をテーブルのそばに座らせて、僕もその隣に座った。

程なくして、母さんがケーキとコーヒーを持ってきてくれた。

「彩加ちゃんはコーヒーで良かったかしら？」

「はい、大丈夫です。ありがとうございます」

「ケーキも見た目は悪いけど、毒は入ってないからどうぞ」

三人ともクスクス笑った。

「じゃ、ごゆっくり」

彩加が軽く頭を下げると、母さんはゆっくりとドアを閉めた。母さんは普段と変わり映えはしないけど、今日はいつもよりご機嫌かも知れない。

「この間話してた海水浴の話だけど」

「またエッチなこと考えてた？」

額にシワを寄せてイタズラっぽく僕に聞いてくる。嫌味がないから全然平気なんだけど、やっぱり僕もそんなふうに男として見られてるんだなと思うと、ちょっと複雑な気持ちになる。

「そうじゃなくて、夏休みに入ったらなるべく早く行こうよ！　僕はこう見えて、暑いのは苦手なんだよ」

「えー、そんなふうに見えないけどなぁ。わかんないもんだね」

母さんの手作りケーキを食べながら、これまでにあったことや、これから待ち受けているドキドキする出来事に、楽しみだねなんて話した。

彩加が、思い出したように生徒会のことを聞いてきた。僕は彼女にとって〝生徒会〟だとか〝髪の毛〟とかいうのはNGワードだと思っていたから、敢えて避けていたのだけれど。あんな事件の後だから、さすがに担任も推薦書の撤回を余儀なくされたと聞いた。結果、僕は竹林先生に名前を覚えられただけという不名誉を背負ったのだ。

「あー、あの話ね。なくなったよ。さすがにあんな事件の後だからね。でもそのおかげで毎日一緒に帰ったりできるから結果オーライだよ」

「わたしのせい？」

「だから、おかげだって。そもそもヤル気なかったし」

だから話したくなかったんだ。きっと彩加は背負い込んじゃうんじゃないかと思っていたし、こんな張り詰めた空気になるのが嫌だったから。そんな僕の気持ちとは裏腹に、

「だよね～。短ラン着てる生徒会の人とか見たことないし」

と彩加は言った。彩加って、割と打たれ強いタイプなのかも。


「お母さん、お邪魔しました。ケーキ美味しかったです」

「あら、もう帰っちゃうの？　また来てちょうだいね」

母さんの言葉に彩加も笑顔で応えていた。あまりよそよそしくなくて、母さんには後で感謝の気持ちを伝えておこう。

「じゃ。送っていくから」

「はい、気を付けてね。彩加ちゃん！　またね」

ただのおばさんなのに、まるで友だちのように手を振っている母さんの仕草がおかしくて、思わず笑みがこぼれる。

僕たちは自転車を押しながらゆっくりと駅の方に向かった。いつもより遠回りして、西

口にある中央公園に行くことに。駅の周辺にあるだけあって、とても大きくいろんなゾーンに分かれている公園だ。

公園の真ん中には噴水があって、その周りは芝生広場になっている。遊具ゾーンもあるし、樹木が植えられたゾーンもある。

自転車を駐輪場に停めて芝生広場に入ると、突然噴水が噴き上がり二人で大声を上げて笑った。僕は樹木が植えられたゾーンの中にある東屋（あずまや）へと彩加の手を引いて行き、そこに二人で座った。

「へえ、こんなのあるんだ」

彩加は木造の東屋を興味深く見入っていた。

「ここに座ると暑い夏でも風が通って涼しいんだよ」

「先輩は何でも知ってるね」

「二年も長く生きてるからね」

そう言った後で、父さんの言っていた二歳の年の差のことを思い出した。

今こうして彩加とともに歩く人生は、とても楽しく充実している。こんな時間が永遠に続けばいいのにと青い空を見上げながら一人考えていた。

「何を考えてるの？」

彩加に聞かれるまで、僕の方を見ていることさえ気付かなかった。

「ごめん、彩加のことだよ」

「えっ、わたしのこと？」

「いつか彩加と結婚とかできたら毎日楽しいんだろうなって」

「ずいぶんと先の話だね」

「そうだね」

彩加は笑っていたけれど、将来のこととか考えたりしないのかな。僕は心の中で彩加に聞いてみた。（その時、彩加の隣に僕はいますか？）

それから僕たちは九月の僕の誕生日のことを話し、彩加が家に招待してくれると約束してくれた。

僕は彩加の肩に左腕をまわし、頭をポンポンしたあとで、「ありがとう」と言ってその細い肩を引き寄せると、彩加はうっとりした目で僕を見つめていた。「どうした？」と聞くと、

「先輩。わたし幸せかも知れない」

と言ってそっと瞳を閉じた……。

◆

頭の真上から夏の暑い日差しが容赦なく降り注ぐ。夏休みに入ったばかりだというのに大勢の海水浴客で浜辺はいっぱいだった。

朝早くのバスで出発した時には少し曇っていた空も、今は青の面積の方が広い。

子どもの頃に父さんと母さんの三人で海に行った記憶はあるけれど、中学生になってからは記憶にない。そもそも僕はあまり海が好きじゃない。でも彩加に「海へ行こうよ」と言われれば、断ることなんてできない。

浜茶屋のおばさんに「お世話になります」と声をかけて一息ついていると、

「先輩どうしたの？　あんまり元気ないね」

僕の顔色を確かめながら額に手を当てて、熱はないみたいだけど大丈夫かと聞いてきた。

「ちょっとバスに酔ったかも」

とあやふやな返事に留めておいた。

「じゃ、十時になったら泳ぎに行こう。それまで休憩ね！」

こんな浜辺で彩加を一人にしておくのも心配だし、とりあえず着替えようかと二人で更衣室に向かった。「先輩はあっちね」とイタズラっぽく指さす。「わかってるよ」と不貞腐れて僕が答える。こんな瞬間でさえ楽しい。

着替えを終えて浜茶屋で足を伸ばして寛いでいると、肩にバスタオルを羽織った彩加が戻ってきた。

「おい、ビキニって！」

淡いピンクに白い縁取りのあるビキニ姿の彩加がそこに立っていた。僕はその光景が衝撃的すぎて、掛ける言葉を必死で探していた。

「かわいいね。気合い入れるって言ってたけど、まさかビキニとはびっくりだよ」

「わたしもビキニ初めてなんだ。だから男の人の前でこれだけ肌を露出したのも先輩が初めてだよ」

「そりゃ嬉しいけど、十六歳だよ。それはちょっと早い気もするけど」

僕はテンション爆上がりで、目の遣り場に困ってしまった。浜茶屋のおばさんに、戻ってくるまでによしずを用意してもらえるようにお願いして、僕らは海へと走っていった。

三十分くらいで一度戻ってくると、すでによしずが用意されていて、その影で僕らは休んでいた。彩加が鞄の中から浮き輪を出してきて、僕の方に差し出す。ありったけの肺活量で浮き輪に空気を送り込むと、みるみるうちに大きく膨らんで、ドーナツのような浮き輪の表面には、僕たちのように仲の良い二つのネズミの姿が浮き上がってきた。

今度は浮き輪を持って波打ち際まで歩いていく。周りの視線が彩加に注がれているのがわかったし、ちょっとした優越感に浸っている自分にも気付いている。中には獲物を横取りしようとするハイエナのような鋭い目つきのヤツもいたが、こんなところで鉄パイプを振りかざすヤツなんていないだろうし、素手のガチンコだったら彩加を守るくらいのことはできる。だけど、そんな根性のあるヤツはどこにもいなかった。

「これだったら、さっきよりも遠くまで行けるよ」

「そうだね。でもあんまり沖まで出ると流されちゃうからね」

海の上でする会話なのかと思いながら、二人で片手を浮き輪に入れたままバタ足で沖の方に向かった。

「ここまで来るともう僕たちだけの世界だね」

そう言って僕は彼女の正面に回り込んで、もう片方の手で彼女を抱きしめた。

「大好きだよ、彩加」

水の音に消されないように言うと「わたしも」と言って、ちょっと塩辛いキスをくれた。


「さっきのはちょっと沖まで出すぎたね。帰りが疲れちゃったよ」

海の上にいると時間の流れがわからなくて、戻ってきた時には浜茶屋のおばさんがほっとした表情で言った。

「あんたたち、あんまり帰ってこないから心配したよ」

「すみません、ご心配お掛けしました。ちょっと沖の方に行きすぎて、帰ってくるの大変でした」

「この時期はまだいいけど、八月になると潮の流れが速くなるから持って行かれちゃうんだよ」

　僕と彩加は顔を合わせて「良かったね」と言ってちょっとだけ笑った。

「彩加、先に着替えておいで。僕は後でいいから。小銭ある？」

「ありがとう。大丈夫だよ、銭形彩加だから」

　ちゃめっ気たっぷりに言って、シャワー室に駆け込んで行った。

　彩加の姿を見送ってタオルで頭を拭いていると、おばさんが手を後ろに組んで声を掛けてきた。

「お兄ちゃんたち幾つだい？」

「僕は十七、彼女は十六歳です」

「ひゃー、若いっていいねぇ。あの娘はモテるだろ？」

「でしょうね。だから高校に入学してきてすぐに声掛けたんですよ」

　そんなことを親しげに話してくれるおばさんに、「彼女が戻ってきたら、イチゴのかき氷をあげてください」

　と言って五〇〇円玉を手渡した。

　彩加と入れ代わりで僕はシャワー室に着替えに入った。

帰りのバスまで二十分。僕らは近くを散歩して時間潰しをしていた。

「かき氷ありがとう」

「うん、美味しかった？」

彩加は舌を出して「赤い？」と聞いてきた。ひとつひとつの仕草がかわいすぎて、こんなにかわいい娘をひとりじめしている自分が、怖いくらい幸せだと感じた。

バスに乗ると、二人掛けの椅子の奥に彩加を座らせ、通路側に僕が座った。乗客は僕たちを含めても七人で、海水浴を楽しんできたのは僕たちの他にはいなそうだった。

最初はあれこれおしゃべりをしていたけれど、バスが拾う振動とエンジンの音で睡魔に襲われ、いつしか僕たちは眠ってしまっていた。

バスが大きくバウンドして目を覚ますと、見慣れた風景が目に入ってくる。隣の席では彩加がまだ寝息をたてて眠っている。もう少し眠らせてあげようと思い、起こさないように彩加の小さな手に僕の手をそっと重ねた。

◆

二学期が始まり、九月とはいえまだまだ日差しは夏のそれ。いよいよ就職活動も本格的になり、進路指導室の前の掲示板には、少しずつ来年度の求人情報なども掲示されるようになってきた。

「なあサトル、お前就職どうするんだ？」

「俺か？　俺はお前みたいにコネはないから、地元の会社に勤めることになるだろうな。まだ何にも決めてないけど」

　僕には県外の企業に就職するほどの学力も才能もないし、普通にサラリーマン生活になるんだろうと思っている。県内の中小企業なら、そんなに簡単に潰れるなんてこともないだろうし。まあ時期が来たら真剣に考えるけれど。

　悟は予定どおり、伯父さんのコネで警察官採用試験を受けるらしい。本人にヤル気があるのだからあいつなら大丈夫だろう。

　それよりも今月は僕の十八回目の誕生日がある。今はそっちの方が大事なんだよ。彩加とはたくさんの思い出を作りたいし、何より彩加と同じ時間を共有できるだけで幸せなのだから。

　ホームルーム前の休み時間に、悟が僕の顔を見つめながら何か言おうとしている。

「何だよ！　話があるなら言えよ」

「サトル、久しぶりに会議しねえか？」

「そんな話かよ。もったいぶるような話じゃないだろ」

「ほら、お前最近彩加ちゃんばっかりでさ、付き合い悪いからさー」

言われてみれば、彩加と付き合うようになってから、悟たちとじっくり話すことってあんまりなかったなと、友だちとしての反省の意味も含めて会議に参加することにした。

「安田サトル、本日の会議、参加させていただきます！」

「安田、今日は何の会議だ？」

担任の声だった。

「いえ、何でもありません」

「ちょうどいい。お前、二学期からクラス委員長やってくれ」

「どうして僕なんですか？」

「閃いただけだ」

「閃いたって……」

「文句あるのか？」

「いえ、ありません」


英子とひとみがジロジロと僕の顔を眺めながら、ポツリと英子が呟く。

「サトル、あんた幸せオーラ出てるよ」

「仕方ないじゃん！　幸せなんだから」

英子に頭をグシャグシャにされて、ストレス発散のおもちゃにされていると、真面目な顔をした悟が呟く。

「彩加ちゃん誘って一緒に来たらどうだ？　ウエスタンドーナツ。先に行って待ってるからさ」

悟には、「一応誘ってみて行けそうなら一緒に連れていくから」と話しておいた。

彩加の教室に行くと、

「先輩来てるよ」

といつもの声がして、彩加が「どうしたの？」と聞いてくる。

「今日久しぶりにみんなとお茶行くんだけど、みんなが彩加も連れてきたらって言うから、都合聞きに来たんだ」

「ごめん、今日は友だちと映画行くんだよ。また今度誘ってって伝えといて」

「そうか。じゃまた、夜に電話するよ」

また彩加が針の筵に座らされるくらいなら、いない方が好都合だと思う。

少し遅れていつもの窓際の席に座ると、なんだかお通夜みたいな空気になっていて、何て言葉を掛けていいのか迷ってしまった。ここはやっぱり「遅れてごめん」なのか、それとも「うぃ〜っす」なのか、しばらくその場に立っていると、ひとみが「とりあえず座ったら？」と声を掛けてくれた。

　コーヒーを持って席に座ると、各々の就職についての話をしていた。英子は地元の企業で働くと言い、ひとみは就職が決まらなければ、家業の花屋でフラワーコーディネーターの資格を取るための修業をするのだという。みんなそれぞれの居場所を探しているんだと思い、こうして集まってワイワイできる時間が限られている現実に、僕たちの置かれている立場を改めて感じさせられた。毎日のように彩加と遊んでばかりの自分が、なんだかみんなから置いていかれている感じさえした。

「悟は警察学校ってことになるんだろ？　どれくらいなんだ？」

「詳しくはわからないけど、学校と研修で二年くらいじゃないか？」

　英子が悟の話す言葉を全身で受け止めている感じがして痛々しかったし、真剣な姿に悟への思いが強くなったんじゃないかという気がした。本当は、最初から英子は悟のことを好きだったんじゃないかと感じた。もう一度英子の気持ちを確かめたくなった。

「どうしたの？　先輩。なんか暗いね」

「うん……」

　なんだか受話器を持つ手が重く感じる。今日の会議がお通夜みたいだったこと、彩加がいなくて良かったと思ったこと、遊んでばかりいるようで、実はみんな真剣に将来のことを考えていることなど、今日あったことを彩加に話した。

「それで先輩はどうするの？」

「まだ決めてはいないよ。地元に就職はするけど」

せっかく彩加と話しているのに、こんな暗い話ばかりで時間を無駄に使っているような気がして、話題を変えた。

「ところで、映画どうだった？」

「そうだね、よく眠れたよ」

「なんだそりゃ！」

「最初の十五分くらいは良かったんだよ。でもその後は無理！　暗いし涼しいし、眠るには最高の環境だと思ったよ」

どこまでも明るい性格が羨ましくも感じた。

「今は何してるの？」

「誕生日のご馳走考えてた。何か食べたいものある？」

「えっ、ご馳走してくれるの？　それじゃ……スパゲッティサラダがいいな！　大好きなんだ」

「他には？　あと嫌いなものはない？」

「そうだなぁ、ハンバーグかな。嫌いなものはナス」

テーブルの上に置かれたハンバーグとスパゲッティサラダを想像しながらそう答えると、

「ハンバーグってなんかわんぱくなイメージがあるね」

と、彩加は嬉しそうな声色で言った。

こんな会話がしばらく続いた後で、誕生日は月曜だから前日にやろうということだけ決めて受話器を置いた。

早く来い来い誕生日。


ウエスタンドーナツでの、お通夜のような会議から一週間くらいが過ぎた日の放課後、僕は英子を屋上に呼び出した。この間のウエスタンドーナツでのいつもと違う英子の様子が気になって、もう一度ちゃんと話してみたいと思ったからだ。英子は面倒くさいと言いながらも、黙って僕の後をついてきた。

英子は鉄柵に肘を預けて立ち、僕はその横のコンクリートの上に柵を背にして座った。英子を見上げるようにして、本当は悟のことずっと好きだったんじゃないかと聞いてみた。

「サトルは彩加ちゃんと一緒にいて、別れることになったらとか考えたりしない？　あたしはだめなんだよね。どうしても考えちゃう。サトルの言うとおり、あたしはアイツのことが好き。でも不安の方が勝っちゃうから、きっとアイツのこと縛っちゃうと思うんだ。だから言えないんだよ」

そうだったんだ。英子はいつも、悟の前では強気で元気な女の子を演じてきたのか。そう思うと胸が詰まって苦しくなる。

「俺は、彩加と一緒にいる時には、その時の彩加をとにかく全力で好きでいて、その瞬間を大事に生きようと思ってる。別れることとか考えたこともないけど、もしそうなったとしても悔いがないように今を全力で生きようってね」

「サトルは強いね」

「そんなことないさ！　もしも彩加と別れるってなったら、俺は泣くと思うな」

英子が座っている僕の方に顔を向けて、

「本当に好きなんだね、彩加ちゃんのこと」

と言う。英子とは反対の空を見上げながら「そうだな」と答え、ここにはいない彩加のことを想った。

これから警察官になるために、二年間の学校と研修に立ち向かうと決めた悟の覚悟、その覚悟を見守ってやれるのは英子しかいないと思った。

「悟は動機こそ感心しないけど、二年間がんばるって決めたんだぞ。見守ってやれるのは英子しかいないんじゃないか？　待ってるって言ってやれよ」

英子が泣いているのがわかった。僕は英子の方を見ないようにして、

「格好悪くてもいいじゃん！　悟にちゃんと自分の気持ちをぶつけてみろよ」

そう言って僕は屋上を後にした。

◆

誕生日の前日。僕は朝からそわそわしている。

彩加からは「お昼頃に来て」と言われたけれど、まだずいぶんと時間がある。彩加といる時にはあっという間に過ぎていく時間が、今は一分さえも長く感じる。

僕は時間を持て余し、久しぶりに氷川公園にやってきた。ベンチに腰掛け、白く曇った空を見上げた。雨は降らなそうだなと思いながら、彩加に告白する前日にここで空を見上げていた自分のことを思い出していた。ひとつ溜め息をついてから、直球でいこうって決めたんだったな。まさか親父に見られていたとは気が付きもしなかったけれど。僕は無意識に後ろを振り返っていた。

もう一度、白い空を見上げながら、すべてはあの日から動きだしたんだよな、と過ぎ去った日のことを思い出した。

「じゃ、行ってくるよ」

母さんにそう言うと、

「ちゃんとご両親に挨拶するのよ！　彩加ちゃんにもよろしくね！」

洗い物の途中だったのか、エプロンで手を拭きながら言った。

僕は自転車で彩加の家に向かって走りだした。日曜日のお昼だからか商店街も人通りが多く、賑わっているように思える。飲食店の前にはすでに列ができていて、そこかしこでいい匂いが漂っている。でも今日の僕は、どこよりも美味しい食事を大好きな彩加と二人でするのだ。これ以上の無敵状態はないだろう。

駅の近くまで来ると人の数はさらに増えて、家族連れもたくさん見掛けるようになった。お買い物なのか旅行なのかはわからないけれど。

広い通りを横切って左に曲がると、彩加が遠くで手を振っているのが見えた。

自転車を停めて、一度お店の方に顔を出して、お父さんに「こんにちは」と挨拶をしてから横手の玄関にまわった。玄関ではお母さんが迎えてくれて、「ゆっくりしていってね」と言ってくれた。僕はもう、この家の人たちにこんなふうに扱ってもらえるんだと思うと嬉しくなった。

「なんかいい匂いがするんだけど」

「でしょ？　腕に縒りを掛けたよ。お母さんにも手伝ってもらったけどね」

彩加の部屋に行くとテーブルが大きくなっていて、たくさんの料理が並んでいた。もちろんメインはハンバーグだけど。

「お腹空いてる？」

「うん、朝から食べてないからね」

「じゃ、食べていいよ」

僕は目の前のたくさんの料理に興奮しながら、「いただきます」と言ってスパゲッティサラダから食べた。

「美味しい！」

ハンバーグもナイフを入れると肉汁が溢れてとても美味しかった。

彩加は、僕が食べている間ずっと僕のことを見ていたけれど、「美味しいよ」って言うたびに嬉しそうな顔をしていたし、それを見ている僕はそれ以上に嬉しかった。

こんなに幸せな誕生日は初めてだし、一生忘れることはないだろうと思った。

「ごちそうさまでした」と心を込めて言うと、綺麗に食べてくれてありがとうと微笑んでくれた。

「お腹いっぱいになったよ」

「えー、ケーキもあるんだよ」

「それは別腹」

「だよね」

彩加はそう言って、部屋を出て行った。

◆

十月に入り、僕は写真部部長の肩書きを後輩に託して、三年生部員は引退の季節を迎えた。それからしばらくして、久しぶりに写真部の部室に顔を出した。後輩たちがおしゃべりに興じていて、部としての活動をしている様子はなかった。別にそんなことをとやかく言うほど僕だって活動していなかったし、部長なんて肩書きだけでそれらしいことはほとんどしてこなかった。

僕は後輩たちに、

「あのさ、明日はちょっとここ貸してほしいんだ。だから明日は活動休止にしてほしい。今日来ていない奴にも伝えておいてくれないか?」

「何するんですか?」

「クラスの仲間と大事な会議だ」

そう言って翌日の部室を借り切った。

悟たちを写真部の部室に呼んで、いつもとは雰囲気の違う会議をすることになった。

壁にはこれまでの入賞作品がパネルにして掛けてあり、壁沿いに椅子が並べてあるだけの殺風景な部室だ。隣の暗室からは、現像液などの鼻を突く臭いが仄(ほの)かに漂ってくる。

椅子を四つだけ中央に集めて、小さい輪を作った。そこに僕たち四人が腰掛けて話し始めた。

「俺たちさ、いつもバカな話ばっかりでちゃんと将来のこととか話したことってあんまりないよな。卒業までもう半年ないし、一度ちゃんと話しておきたいと思ったから集まってもらったんだ」

「今日のサトルちょっと怖いんだけど」

悟はこれから起こる、事の重さに警戒もせずに言った。知らないのは自分だけだということも知らずに……。

「悟、今日はお前が生贄(いけにえ)なんだよ」

「生贄？　何だよそれ」

ここに来てからずっと下を向いていた英子に目配せをして、話をするように勧めた。

「悟、騙すようなことしてゴメン。以前に、警察官になるんだったら結婚してあげるって言ったよね。あれ、嘘じゃないんだ。あたし普段はあんなだけど、ずっと前から悟のことが好きだった。でもアンタはお調子者だから、何だってジョークにしちゃうの。もしも付き合うとかなっても、きっとあたしは悟のこと束縛しちゃうと思うんだ。だから言えなかった。でも悟は警察官になるために二年間がんばるって決めたんでしょ？　あたし待ってるから。本当に警察官になった時には、あたしと付き合ってほしい」

僕はちゃんと言えた英子が立派だと思った。きっとひとみだってそう思ったに違いない。

「英子、お前馬鹿か？　二年待って、俺が他の女と付き合ってたらお前はどうなるんだよ。お前がそばにいてくれたら、俺だって二年がんばろうって思えるだろうが。これまでだって俺はいつもお前のそばにいたはずだぞ。お前はこれからもずっと俺の隣にいればいいんだよ。俺だってお前のことが好きだったんだから」

僕は嬉しかった。これまで僕のことを応援してくれていた悟と英子が、こんな形でお互いの気持ちを確かめ合えたことが堪らなく嬉しかった。英子は泣き笑いになり、悟は照れ臭そうに窓の外を眺めていた。

英子は涙で頬を濡らしたままひとみと抱き合い、ひとみは「英子良かったね」と子どもをあやすように優しく背中を叩いていた。

部室を出て、英子に「良かったな」と声を掛けると、英子がしおらしく言った。

「サトルのおかげだよ。ありがとう」

◆

街はすっかりクリスマスムード一色に。赤と緑のデコレーションが施され、クリスマスソングをエンドレスで流せば、クリスマスの出来上がり。

帰り支度を整えぼんやりとグラウンドを見つめていると、担任がホームルームの時間ピッタリに教室に入ってきた。一通りの連絡事項を伝えた後で、

「安田、内定だ」

と、薄い笑みを浮かべて言った。

教室には「おお」というどよめきのような声が上がり、隣の悟からも「良かったな」と声を掛けてもらった。

僕は地元にある、自動車関連の総合商社に就職が決まった。自動車販売・修理・保険・ガソリンスタンドなどを展開している会社だ。一流ではないけれど、地元ではそれなりに名の通っている会社だ。父さんも安心してくれるだろう。

夜になって彩加に電話をかける。

「おめでとう。良かったね」

「ありがとう。やっと落ち着いて彩加と会えるよ。やっぱり決まるまでは不安もあった

し、彩加の両親も心配してくれていたしね」

「そうだね。私からも話しておくね」

彩加のお父さんも、まだかまだかと気にかけてくれていたし、今度会った時にはちゃんと報告しないといけないなと思った。

「先輩、クリスマスの予定は？」

「ごめん。彩加ちゃんって娘と会う約束なんだ」

「そんな約束してないでしょ！」

「ダメ？」

「全然平気だよ」

僕は就職の内定をもらったことよりも、クリスマスを彩加と過ごせることの方が何倍も嬉しかった。

クリスマスは僕の部屋で過ごすことになった。彩加みたいに料理はできないし、僕の家で料理を作ってもらうのも変な話だから、ご馳走を買って部屋でゆっくりしようということになったのだ。

彩加は僕に子どもの頃のアルバムを見せてほしいと言い、二人でアルバムを見ていた。

「子どもの頃は小さかったんだね」

「そうだな、五年生くらいから伸びてきたんだ」

「じゃ、いつから格好良くなったの？」

「彩加に会うちょっと前かな」

二人で声を出して笑った。

「クリスマスって、みんな何してるんだろう」

僕がぼんやりしながら呟いた。「デートじゃない？」って、彩加は言うけど、じゃ今の僕たちもデートなのかなぁ。どうせならサンタとかトナカイの帽子なんかも用意しておけばよかった。人に見られるのは恥ずかしいけれど、彩加と二人なら楽しかったのに。

僕が彩加の肩に手を回すと、彩加は僕の肩に頭を預けてきた。二人で窓の外に見える、少し茜色掛かった空を見ていた。

「彩加、クリスマスを彩加と過ごせて凄く嬉しいよ」

「私も先輩と一緒にいられて嬉しい……」

僕は彩加の肩を引き寄せ、おでこにキスをした。彩加がそっと目を開いて、「大好きだよ」と言うのと同時に、華奢な彩加の身体を抱きしめた。髪の毛から甘い香りがする。彩加が僕の耳元で、

「いいよ」

と囁いた。僕は身体を離して、

「本当に？」

と小さく言うと、彩加は恥ずかしそうにコクリと頷いた……。

クリスマスは魔法だ。

その日、僕たち二人は初めて一つになった……。

大晦日——。

「じゃあさ、十時半頃にそっちに行くよ。まさかとは思うけど、ビキニじゃないよね？」

僕は冗談交じりで受話器に向かって言う。

「そんなわけないよ。でも振袖だよ」

「本当なの？　じゃあ僕は羽織袴にするよ」

「えー、羽織なんて持ってるの？」

「父さんのがあるんだ」

僕たちは初詣に何を着ていくのかを話していた。ただ一つ問題がある。羽織袴だと自転車では行けない。

お風呂に浸かって今年一年を振り返ってみる。

彩加と出会って大好きになって、僕も嫌われないように一生懸命だったな。学校でもいろいろあった。ロミジュリ何回もやったなぁ。思い出してちょっと恥ずかしくなって、僕はお湯に潜ってから「ブハーッ」と頭を上げた。

ドライヤーで頭を乾かしていると、鏡に映った扉が開いて父さんが顔を出した。僕がドライヤーを止めると、

「お前、袴なんか穿いていくのか？」

「うん、父さんのがあるって言うから、母さんが」

「それじゃ、彩加ちゃんの家まで乗せてってやるよ。袴じゃ自転車は無理だろ」

父さんも母さんも、僕のためにいろいろ気を遣ってくれる。家族がいることって普通だと思っていたけれど、本当は幸せなことなんだなって思った。

「えっ、いいの？」

「大晦日の夜なんて車少ないからむしろ楽だよ」

父さんも僕たちの応援をしてくれているのがよくわかる。背中を押してもらえるのはやっぱり嬉しいな。

「ありがとう、父さん」

鏡の中の父さんに向かってそう言うと、笑みを浮かべた父さんが、鏡の奥に消えていった。

「そろそろ行こうか」

紅白歌合戦を横になって見ていた父さんに声を掛けた。母さんは台所でお節料理のラストスパートで忙しそうだ。

「じゃ母さん、行ってくるよ。どう？　似合ってる？」

母さんは、出来上がった料理を重箱に詰めていた箸を止めて、

「あら！　お父さんより男前ねぇ」

とニコニコしながら言ってから、

「彩加ちゃんの振袖姿、お母さんも見たかったわ。気を付けてね」

と送り出してくれた。

大晦日の夜は、車も人通りもほとんどなく、しんと静まり返っている。

「ほんと、どうしちゃったのってくらい誰もいないね」

「大晦日なんて毎年こんなもんだよ。それより、彼女のこと大切にできているのか？」

「うん、今のところはね。先のことはわからないけど、とにかく今は大切にしたいと思ってるし、大切にしてる」

「そうか。彼女だけじゃなく自分を大切にすることも大事だぞ」

僕は、要所要所で心に沁みる言葉を掛けてくれる父さんが好きだ。僕も父さんみたいな

大人になりたいと思う。

いつもは自転車で二十分くらい掛かる距離も、今は五分で着いてしまった。こんな時間でもまだお店の明かりは点いたままで、奥には彩加のお父さんが座っていた。ゆっくりと戸を開けて「こんばんは～」と声を掛けた。

「おー、凄い格好だな」

「あのぅ、父が外に……」

お父さんが小走りで店の外に出ると、車の外に立っていた父さんに、

「これはこれは、いつも彩加がサトル君と仲良くしてもらってすみません。お父さんのお話はサトル君から聞いていますよ」

と言った。

「あ、いや、いつもサトルが……」

そう言いかけた時に、奥から振袖を着た彩加が出てきて、

「ねぇお父さ……あ！」

彩加の姿を初めて見た父さんも、

「なんとかわいらしいお嬢さんで。お父さんもご心配でしょう」

と微笑みながら言っていた。

二人のオヤジが話している姿を置き去りにして、店の中の彩加の前に立った僕は、

「綺麗だよ」

と一言だけ言った。彩加はポッと頬を赤らめて、

「ありがとう」

と恥ずかしそうに答えた。

僕は居間に通され、お茶をご馳走になっていた。テレビでは紅白歌合戦が佳境を迎えている。

「そろそろ行かないと年越しに間に合わないわよ」

お母さんが彩加に言うと、続けて僕に、

「じゃサトル君、彩加のことお願いね」

と、あの時のように優しく声を掛けてくれた。大事な娘さんを僕に預けてくれるご両親に、心から「ありがとうございます」と伝えて僕たちは家を後にした。

「足元、大丈夫か？」

「うん大丈夫。先輩は？　草履履き慣れてないでしょ？　大丈夫なの？」

「まだ平気だよ」

「スニーカーにすれば良かったのにね」

ハハハと笑って、歩きながら彩加のおでこを突(つっ)いた。

僕たちの住んでる街の中でも、ここの神社は割と大きな神社だけあって人の数が凄い。参道にはたくさんの露店が並び、大勢の人たちで賑わっている。

「人多すぎてちょっと怖いね」

「大丈夫だよ。僕が守ってあげるから」

「頼もしいね」

僕は彩加の斜め後ろで、押されないように、しっかりと彩加をガードするように立っている。


カウントダウンが始まった。
五、四、三、二、一。
僕と彩加は顔を見合わせて「あけましておめでとう」と囁いた。

ゆっくりと石段を上って、あの時と同じように二人一緒にお賽銭を放り投げ、二人で鈴を鳴らして手を合わせた。

「何をお願いしたの？」

「僕たちに幸運が訪れますようにって。彩加は？」

「ずっと先輩のことを好きでいられますようにって」

僕らは手を繋いで、足もとを気にしながらゆっくりと石段を下りた。参拝客でごった返す参道を抜けると、カメラを持ったお兄さんに声を掛けられた。左腕に「報道」と刺繍の入った腕章を着けた新聞社のカメラマンだった。

「ねえ、写真一枚撮らせてもらえないかな」

二月、外は雪が降り続き、学校のベランダ廊下にも雪が積もっている。クラス委員長の仕事もあとちょっと。

朝、担任のところに行くと、配布する資料を渡された後に、

「おい安田。お前卒業式で目録読め」

と言われた。

担任とは本当にいろいろあったので、僕には断る理由もないし、最後は先生の言うとおりにしたかった。

「はい、わかりました」

「気持ち悪いくらい素直だな」

「先生とはいろいろありましたからね」

先生はウンウンと頷きながら、

「お前も大人になったな。じゃ頼むぞ。しっかりやれよ」

先生に言われたからではあるけれど、大役を引き受けた自覚は全くと言っていいほどなかった。

雛形を受け取って、何度も読み直してみた。まあ記憶できないほど長い文章ではなかったので、何とかなるだろう。あと五日しかないけれど。

教室に戻って資料を配った後で、悟たちに、

「俺、卒業式で目録読むことになったわ」

「マジで?」

英子に至っては、

「また彩加ちゃん泣いちゃうね」

と言いだす始末。悟が僕の姿を舐めるように見ながら言った。

「お前さぁ、目録とかって卒業生の代表だよな。そんな格好でいいのか? 短ランにボンタン、赤のスニーカー」

「これが俺のスタイルだから変えるつもりはないけど。もしだめなら悟がやるか?」

「やだよ!」

英子にあんたたちの会話は低次元すぎると言われ、ひとみはそれを横目にただ笑ってる

だけ。

　卒業式前日、僕はクラス委員長としての最後の仕事を担任から任された。一枚の色紙を渡され、「寄せ書きをせよ！」と命じられたのだ。それと、明日の式当日はその格好はマズいと言われ、ちゃんとしてこいと釘を刺された。寄せ書きはともかく、二つ目の命令は従うわけにはいかない。

「先輩、明日はいよいよ卒業式だね。ワクワク……やっぱり少し寂しいかな」

　夜、彩加に電話をすると、平静を装っている姿が想像できるくらい声に張りがなかった。

「明日が学校で会える最後になるけど、大丈夫か？　僕は彩加と毎日会えなくなるのが寂しいし、凄く心配だよ」

「毎日じゃなくてもいいから電話くれる？」

「もちろん！」

「お仕事の話とかもちゃんとしてくれる？」

「ああ、するよ」

「お休みの時はどこかへ連れてってくれる？」

「ドライブでもどこでも」

「じゃ、大丈夫！」

駄々をこねる子どものように答えてくれる彩加が、余計に僕に寂しさを募らせる。本当はすぐにでも会いたい。でも気持ちを悟られないようになるべく明るく話す。

「明日、ちゃんと見ててよ。ある意味僕の晴れ姿だから。彩加が褒めてくれた声、講堂の隅まで届かせてみせるよ」

僕の精いっぱいの強がりだけど、講堂で僕の声を褒めてくれた彩加に、講堂での最後の声を聞かせてあげたい。

卒業式前日の夜になって、緊張を寂しさが後押ししている。

◆

――卒業式。

「おはよう」

高校生活最後の「おはよう」が、あちらこちらで聞こえる。悟も、英子も、ひとみも、いつもより少しだけ大人になった気がする。

僕にはこれから大仕事が残っているから、いい感じの緊張感があるが、それでいて頭は割とスッキリしている。一つ気掛かりがあるとすれば、昨日写真部の後輩に頼んでおいた

『衣装』に、ちゃんと着替えられるかということ。担任の手前、朝のホームルームから講堂へは通常の学生服を着て移動。そして講堂への移動中に部室までダッシュして着替えて講堂に戻る。式が始まってしまえばそれでいいのだ。

　朝のホームルームでは、担任も特に何も言わず、ただ時間の過ぎるのを待っているような感じだった。僕たちにあまり意識させないようにとの配慮だったのかも知れない。

　教室から見える風景も、今日で見納めかと思うと感慨深いものがあり、目を瞑るといろんな思い出が瞼の裏を通り過ぎる。

「サトル、本当に間に合うのか？　失敗は許されないんだぞ！」

「この間のリハーサルでは着替えだけで一分四十秒あればできるってわかったから、たぶん大丈夫。ここから猛ダッシュで行くから、お前たちはなるべくゆっくり歩いてくれよ」

「わかったよ。先生は先に講堂に移動するみたいだから、あとでクラスの奴らに言っておくよ。女子は英子に任せるから」

「たのむ！　さすがにこの制服じゃカッコつかんだろ」

「だな」

　悟は僕に、高校生活最後のロミジュリはしなくていいのかと言ってきたが、それこそこの制服姿は彩加には見せられないと遠慮しておいた。

先生が左手の腕時計で時間を確認した後で、

「じゃ、俺は先に講堂に移動するからな。放送があったら速やかに移動しなさい」

そう言って教室を後にした。

いつもの四人でベランダに出た。校舎のあちこちには紅白の幕が張られていて、着物姿の先生も見える。みんな小走りで講堂へ向けて急いでいる。

『在校生は講堂へ移動してください』

放送が流れると、あちこちから物音が聞こえる。

ひとみが僕の肩を叩く。そしてひとみの指差す方に目を遣ると、一階の渡り廊下の隅に彩加の姿があった。

「やっちゃいなよ」

英子が言う。

「早くやれよ！」

悟が続く。

「いいんじゃな〜い」

ひとみが追い打ちをかける。

僕は大きな声で、

「彩加！　ちゃんと見てろよ！」

彩加は右手を大きく突き出して、僕に向かってピースサインをくれた。

『卒業生は講堂へ移動してください』

僕は部室に向かって走りだした。

息を切らしながら部室に入ると、後輩たちが短ランとボンタン、それに真っ赤なスニーカーを用意して待っていた。

「先輩、急いでください！」

そそくさと着替えてスニーカーの紐を結び直すと、後輩が暗室から三脚のついたカメラを取り出し、

「記念撮影入りまぁ〜す」

と言いながらシャッターを切った。

僕は着替えを済ませ、講堂の手前でクラスの列に合流した。クラスのみんながニヤニヤしている。僕は鼻の頭をこするように一摘みしてから、真っ直ぐに前を見据えて講堂の中に入った。

卒業式も終盤に差し掛かり、いよいよ出番が近づいてきた。心臓が少しだけ早足になったところで、アナウンスが入る。

『目録贈呈、卒業生代表、普通科一組、安田サトル君』

「ハイ」

と、大きな声を発した。

ステージの前まで小走りで向かい、左手で目録を持ち、階段を一歩ずつ確かめながら四段上ったところで、背中越しにザワザワとした声が聞こえる。してやったりだ！

校長先生の前に立ち、マイクに向かって目録をゆっくりと読んだ。

「目録　講堂用天竺幕一張、右　卒業記念として寄贈いたします　卒業生代表　普通科一組　安田サトル」

目録を校長先生に渡して僕の仕事というか、晴れ舞台は終わった。気持ち良すぎるって！

卒業式の次第がすべて終わり、『卒業生退場』のアナウンスが入る。

クラスごとに二列で退場していく。僕たちのクラスも後に続く。担任の前まで歩いた僕は立ち止まり、

「殴られる準備はできています」

そう言うと、

「よく通るいい声だった」

と返してくれた。

最後のホームルームで一人ずつ卒業証書と、預けていた運転免許証を受け取り、担任か

らは「卒業おめでとう。君たちが社会人として、これからも立派に成長していくことを、先生は大いに期待しているぞ。がんばれ！」と、いつもは難しい顔をしながら話す先生も、この日ばかりは笑みを浮かべながらそんな激励の言葉をくれた。

「普通科一組、これにて解散！」

先生の言葉で僕たちの高校生活は終わった。


僕は悟たちとエントランスに降りた。そこには大勢の下級生たちが先輩との別れを惜しんでいる姿があった。僕たちが職員玄関の階段のところでその様子を眺めていると、両手で真っ赤な花束を抱えてこちらに向かってくる彩加の姿が目に入った。

エントランスには大勢の生徒たちがごった返していたが、あまりにも目立ちすぎる真っ赤な花束のせいで、周りの視線はそちらに集中してしまった。彩加が一直線に僕のところに来ると、

「先輩、卒業おめでとう」

と言って花束を手渡してくれた。僕は右手でその花束を持って、左手で彩加の背中を引き寄せハグをした。そして耳元で「ありがとう」と言ったのだが、鼻の奥がツンとしてしまってしばらく離れられなかった。

あの一件以来、僕と彩加は学校中のヒーローとヒロインではあったが、この日もギャラ

リーからは冷やかしの声や拍手が沸き起こった。

彩加は、悟や英子、そしてひとみの三人とも別れを惜しんでいた。僕はこうして仲間を慕ってくれる彩加にも、それに応えてくれる仲間たちにも、心の中で（ありがとう）と呟いていた。

卒業して二週間。会社の新入社員研修が始まった。僕はスーツに身を包んで参加した。この研修が終わると僕たちは各部署に配属されるわけだが、この段階ではまだ何も知らされてはいない。

研修の初日は、社会人としての心得と題して、仕事をする意味であったり、社会人としてのマナーであったり、会社のしくみなどの話があった。退屈な時間ではあったが、これも会社の一員となるために必要な時間だと割り切って会議用の机と向き合っていた。途中、何回かの休憩時間を挟んで一日目の研修が終わった。

夜になって彩加に電話をする。このところほぼ日課になっている気がする。

「こんばんは、安田です。彩加さんをお願いします」

「おー、サトル君か。今日から研修だったんだろ？　どうだ社会人になる心境は」

「はい。わからないことばっかりですが、精いっぱいがんばります」

新社会人らしく元気に答えると、「がんばれよ」と励ましの言葉をくれた。

「ちょっと待ってくれな」

と言った後、急に声が小さくなって、

「おーい、彩加！　サトル君だぞ」

と、彩加に繋いでくれた。

彩加はイジワルそうな声色で、お父さんと話したことの探りを入れてきた。

「何でもないよ。がんばれよって言われた」

「そう。研修初日、お疲れさまでした」

「ありがとう。ずっと座って講習って本当に疲れるよ」

ついつい愚痴になるところだったと反省しながら、彩加に二年生になる心境を聞いてみた。

「彩加は二年生になるのはどう？　嬉しい？」

「どうだろ。何かよくわかんないや」

僕の時もそうだった。二年生って中途半端だからな。

「僕も早く一人前になれるようにがんばるよ。彩加も学校楽しんでほしいな。また吉田先生に何か言われたら、僕が助けに行こうか？」

と言うと、

「ドラマのヒーローじゃないんだから、それは無理でしょ！」

「あはは」と笑ってから、彩加は「やっぱり会えないのは辛い」と正直に口に出した。

「僕は男だし彩加より年上だけど、時には彩加の膝の上で甘えたい時もあるし、慰めてほしい時もあるよ。会いたい時に会えないのは辛い」

「先輩、私も卒業式が終わってからずっとそうだよ。でも私は先輩のこと束縛したくはないの」

「彩加、ちゃんと決めよう。お互いに言いたいことは言おうよ。何も言わないで相手をわかることなんて無理だ。良いことも悪いことも、やりたいこともそうでないことも、そうしよ」

「そうだね。私も会いたい時はちゃんと言うね。でも喧嘩はイヤだよ」

「僕も喧嘩はイヤだ。今夜はいい話ができて良かった。大好きだよ、おやすみ」

「私も大好き。おやすみ」

明日からまたがんばれる！　そんな気がした。

十日間の研修が終わった。

僕は彩加の家に向かって車を走らせていた。会いたい気持ちはもちろんだけど、誰よりも先に彩加に伝えたいことがある。

車を玄関の方に停めて、それからお店の戸を開けた。

「お久しぶりです」

「おー、サトル君。スーツ姿も様になってるな」

「ありがとうございます。彩加さんは？」

「部屋にいるんじゃないか？」

お父さんに上がっていけと言われて、彩加の部屋の前まできたところで一つ深呼吸をした。

「彩加、僕だよ。入っていい？」

「どうぞ」

ゆっくりとドアを開けると、部屋着の彩加が正座をしてこちらを向いていた。

「どうしたの？」

「おかえりなさい」

僕は、彩加の仕草がただただおかしくて、思わず噴き出してしまった。すると勢いよく僕の首に手を回して抱きついてきた。

「会いたかったよぉ」

甘えた声で言う彩加の姿が、途轍もなく愛おしいと思った。彩加の髪の匂いが余計にそう思わせるのかも。

「僕もだ。今日、配属が決まったんだ。彩加に一番に知らせたくて真っ直ぐここに来た」

「うんうん、それで？」

「本社のスタンドに決まった。噂なんだけど、本社のスタンドってエリートコースなんだって。何かそれ聞いたら嬉しくてさ」

僕の話を聞いて、彩加は一緒に喜んでくれた。スーツも似合っていると褒めてくれた。でも羽織袴には敵わないんだそうだ。

僕はベッドの脇に置いてある、フォトフレームに入った写真をチラリと見て、

「あっ、コレ！」

「気が付いた？　初詣の時の。新聞に載ったやつだよ」

「どうしたの？　くれたの？」

「くれたというか、よこせ！　と言ったんだよ」

「よこせとか言うなよ」

僕は鼻で笑ってからじっくりと写真を見た。彩加が僕の隣に座って、

「綺麗に撮れてるよね」

と呟いた。

「そりゃプロだもん。でもモデルがいいからね」

と付け加えた。僕はやっぱりプロって凄いなと思った。あの境内の明るさだけで、これだけ綺麗な写真が撮れる。その技術に圧倒されていた。

何度も何度も見返して、

「この時の彩加、とっても綺麗だよ」

と言うと、少し膨れっ面で、

「じゃ今は？」

「もちろん今も綺麗だよ。でもクリスマスの日の彩加が一番綺麗だったよ」

「もー！　でも、ありがと」

少しだけ頬を赤く染めて彩加が言った。

◆

入社式が終わった。僕は辞令をもらい、本社のスタンドに正式に配属された。式の後、スタンドに挨拶に行き、店長と先輩スタッフに自己紹介をして、「明日からよろしくお願いします」と言った。

ついこの間まで高校生だった自分が、今日こうして一社会人として職場にいることに不思議な感じさえした。

店長からは、

「今日はもういいから、明日七時半までに出勤すること。いいか？」

と言われ、「わかりました」と答えて僕は会社を離れた。

一旦帰宅して、スーツからデニムの上下に着替えると、すぐさま彩加のところに向かった。まだ春休みのはずだし、できれば夜ごはんも一緒に食べたいし。

……いなかった。一気にテンションが下がる。仕方なくお父さんに、

「帰宅したら電話をもらえるように伝えていただけませんか？」

と言って家に戻った。

部屋のベッドに沈み天井を眺めていると、何かが重く伸し掛かる感覚が僕に襲いかかった。

その日、彩加からの電話が鳴ることはなかった。

「ゴールデンウィークはどうしよっか。店長が今年は出なくていいって言ってくれたから、暦どおりの休みになるけど」

「どこか一日で京都に行きたいな」

彩加にそう言われて、子どもの頃に家族で京都旅行したことを思い出した。金閣寺や清

水寺に行った記憶が甦る。

「そうだなあ、僕も小学生の頃に行った記憶があるけど、あんまり憶えてないや」

「じゃ、その記憶の糸を手繰りに行こうよ。私も先輩の記憶の一部になりたいな」

「わかった。納車、間に合うといいな」


結局、僕の愛車の納車は連休明けまでズレ込むことになった。仕方なく代車のセダンで京都までドライブすることに。


本当は一泊二日でゆっくりあちこち行けたら最高なんだけど、さすがに高校生を連れての一泊旅行なんて許してくれるはずもなく、日帰りでの強行日程になった。

「さすがに日帰りだと時間も限られてくるから、目的地を絞った方が良さそうだね」

「だったら平安神宮だけは外せない。絶対に！」

「わかった。平安神宮なら東山の方だから、京都駅の手前まで行って、あとは電車移動だな」


僕は彩加の口から、平安神宮という言葉が出てきたことに彼女の気持ちが垣間見えたし、金閣や銀閣じゃなかったことが少し嬉しかった。

僕たちはきっと、縁があってこうして付き合っているのだろうけれど、やっぱり結果あっての縁だと思うし、とりあえず縁結びのご利益があれば、気持ちの上では自信にもなるし。

高速道路を走る間は、僕の仕事のことや、彼女の学校での出来事なんかを話していた。

「社会人になってから今までみたいには会えなくなっちゃったけど、どう？　寂しくない？」

「そりゃあ寂しいよ。でも仕方ないよ」

「もしもお父さんとか大丈夫なら、仕事終わってからでも会いに行くけど……」

こんな状態で、彼女の気持ちを繋ぎ止めておける自信が今の僕にはない。

「無理することはないよ。お休みの時にはこうして会えるんだし、大丈夫だよ」

「ごめんね。六時上がりの時だったらごはんとかも行けるし。こまめに電話もするよ」

「うん」

彼女に恋をして、もう一年が過ぎた。あと二年もこんな付き合いが続くのかと思うと、やっぱり気が重くなる。父さんが言っていた二つの歳の差の重みが実感として僕に伸し掛かる。

彩加はどんなふうに考えてるんだろって、最近思うようになったし。

窓の外をぼんやり眺めている彩加の姿を、運転しながら横目に見ると、僕は今までにない不思議な気持ちが僕の中に生まれ始めていることを感じた。

「うわぁー、真っ赤だね。しかもでっかいよ！」

あの時の神社とは比べ物にならないくらい大きくて、綺麗な朱色の鳥居に、興奮気味に話し掛けてくる。これまでに、たくさんの言葉や表情を見せてくれた彩加が、今日は少しだけ小さく見える。

「でかいな！　こりゃ規模が違いすぎるって」

「これは無敵だよ」

こんな返しにもちゃんと笑えたんだよな、以前は。僕の彼女に対する気持ちは何一つ変わっていないと思っているけれど、何か歯車が一つ欠けているような違和感さえあった。でも、できるだけ普通に、できるだけ自然な姿で、今この時を大切に生きようと思った。

境内はただただ広く、青く晴れた空に大極殿の朱色の柱に白壁がよく映えて、建物がより大きく見えた。

僕らはあの時のように、二人で一緒に参拝をした。でもあの時と違うのは、二人の間にある温度と、おみくじを引かなかったことくらい。その代わりに縁結びの御守りを買った。

「ねえ、何お願いしたの？」

僕の心の中を覗き込むように彩加が聞いてきた。

「今日の彩加との時間が永遠に続きますようにって」

「彩加は？」

「わたしもー」

だけど彩加の声は、今日のこの青い空のように輝きを放ってはいなかった。

『ツー、ツー』

今日も話し中だった。いつも決まった時間に電話していたのに、最近は思うように繋がらない。できることなら喧嘩は避けたい。でも毎回だと気持ち的にも余裕がなくなる。

三十分……。一時間……。

やっと繋がった。

「先輩ごめんね。お父さんがお風呂へ入れってうるさいの」

誰かと話し込んでいて、時間がなくなったんじゃないのか？　そんな嫌な妄想が僕の胸を締めつける。

「そっか……。わかった。じゃまた」

それからは、普通に繋がっても五分ほど話すと、「ごめん、キャッチホンだ」と言って切られてしまう。僕の中で、避けられているという疑心が確信に変わった瞬間だった。

別れの足音がヒタヒタと忍び寄ってくる……。

六月も終わりに近づいた金曜日、六時に仕事が引けて、店の公衆電話から彩加に電話を入れた。

「彩加、今仕事終わったんだ。これからごはんとかどう?」

今日はいつもよりもさらに声のトーンが低い。しばらくの沈黙の後で、

「先輩……、別れよう……」

「えっ！　どうして?」

「ごめん……」

「ごめんじゃわかんないよ……」

予感はあった。でも認めたくない自分がいることも確か。どうしてこんなことになったのか、どうして僕じゃだめなのか、そんなことばっかり考えて受話器を持つ手に力が入る。

「彩加。電話で話すことじゃないよ」

「……」

「あのさ、七月の最初の日曜日。俺、仕事休みなんだ。十時に中央公園で話そう」

「公園のどこで?」

「それは君の記憶に任せるよ」

僕は付き合い始めてから初めて、意図的に彩加のことを〝君〟と呼んだ。彩加の返答を待たずに僕は受話器をそっと両手で置いた。

七月最初の日曜日、七夕だった。偶然なんかじゃない。敢えてその日を選んだんだ。織姫と彦星が一年に一度逢えるという日を。

小鳥の声で目が覚めると、皮肉にも晴天だった。告白をした日もこんな晴天だった。洗面所に行くと父さんが顔を洗っていた。顔を上げて真っ白なタオルで顔を拭いている。今日の僕にはこんなタオルでさえ当て付けのように思える。

「どうした？　浮かない顔して」

「……父さん、後でちょっといいかな？」

僕は父さんに後押ししてもらった恋物語が終わりを迎えようとしていることを、ちゃんと報告しようと思ったのだ。父さんも何かを感じたのか、いつもよりも落ち着いた低い声で、部屋で待ってるからと言い残して洗面所を出て行った。

「父さん、入るよ」

僕が襖を開けて部屋に入ると、父さんはあの時と同じように新聞を畳んでこちらにクルリと向き直った。父さんの部屋に長居をしたことがなかったから気付かなかったが、箪笥の上には僕の幼い頃の写真がたくさん飾ってあった。ちょっと色褪せた写真が父さんの優しさを感じさせ、僕は天井を見つめて溢れそうになる涙を必死で堪えていた。

「サトル、泣きたい時は泣いていいんだぞ。別れると決めたんだろ?」

膝から崩れ落ちるように座り込んで、膝の上に握り拳を二つ作って、僕は肩を震わせた。父さんは僕に気を遣ったのか、背を向けて新聞を開いた。

「僕には二つの歳の差を埋めることはできなかったよ。こうしている今でも彼女のことが好きだけど、彼女のために別れることにしたんだ」

「そうか」

「好きなまま別れるのは辛いよ。僕の心はこれからどうなるんだろうね。彼女のこと忘れられるかな……」

「無理に忘れる必要はないんだぞ。その娘のことが好きなら、その娘の幸せを願ってあげるのが男のお前にできる最大の愛なんだよ」

「僕にできるかな……」

「できるよ、忘れさえしなければな」

「ありがとう、父さん」

この時初めて父さんの背中は大きいと思った。

僕は中央公園の芝生広場を横切って、樹木が植えられたゾーンの中にある東屋に向かっている。一度着たシャツを脱ぎ捨て、くたびれたTシャツにジーンズというラフな格好にした。足もとは高校の時に内履きにしていた赤のスニーカーを選んだ。芝生の柔らかささえも足の裏で感じ取ることができた。東屋に人の姿はなかった。その二辺にくの字形に設置された椅子に腰掛け、風の音や鳥のさえずり、木々の間から時折差し込む陽の光を眩しいと感じながら彼女が来るのを待った。

十時を少し回った頃、薄いピンクのワンピースに白いサンダルを履いた彩加が現れた。

「時間にルーズなのはだめだって、お父さんが言ってたろ？」

「ごめんなさい……」

「ま、いいけど。男は何時間でも待てるって、これもお父さん言ってたな」

僕は彩加のことを気遣って、なるべく暗い雰囲気にならないように明るく取り繕っていた。

「ここ、覚えていてくれてありがとう」

「もう一年くらい前になるね」

「そうだな」

あの頃はまさかこんな日が来るなんて思ってもいなかった。毎日が楽しくて仕方なかったし、明日っていう日が来ることが当たり前だと思ってた。だけど昨日までの僕は、明日なんか来なければいいとさえ思っていた。

ぼんやりと、木々の間から見える空を眺めていると、彩加がポツリと口を開いた。

「先輩、あのね。私……」

「何も言わなくていいよ。別れよう、僕たち」

木々の向こうの空の、もっと遠くを見つめながら、泣かないように、できるだけ優しく言葉にした。彩加は目にいっぱいの涙を溜めて、じっと下を向いていた。僕が彩加の頭をそっと二回撫でてあげながら、

「僕のこと、好きになってくれてありがとう。それから、たくさんの素敵な思い出をくれてありがとう」

そう言うと、彩加の目からは涙が溢れ、ピンクのワンピースの上に幾つもの花火が打ち上がった。

第三章　愛は愚かなもの

彩加と別れてから、仕事にも身が入らずにぼんやりすることが多くなった。店長からは、「最近お前おかしいぞ」とか言われる始末。「そうですか？」と平静を装ってはいるが、内心は穏やかではない。

あれから二週間、失恋の穴埋めにと会社の同僚から女の子を紹介してもらったが、彩加への気持ちが強すぎて付き合うまでにはいかなかった。いつまでも彩加のことを引きずって、みっともないと思っているけれど、どこかで前を向かないとダメだと自分に言い聞かせて仕事に取り組んでいた。

「安田、ちょっと来い」

店長に呼ばれて事務所に入ると、店長は缶コーヒーをひとくち口に含んでから、座れと手で合図をした。

「何があったか話してみろ」

「何のことですか？」

できる限り普通に答えると、

「わかるんだよ俺には。お前は何もないような顔して仕事してるつもりかも知れないけどな」

「本当ですよ。何でもありませんから」

失恋したことを引きずってるなんて、とても言えるはずがない。〝そんなこと〟と言われるのがオチだ。

「まあいい。お前今日は早番だろ。メシ行こう」

「あ、はい……」

否応なく店長と晩メシに行くことになってしまった。

ガソリンスタンドの仕事は、彩加とのことを忘れるにはいい環境だと思った。お客さんと話す機会も多くて気が紛れるし、オイル交換やタイヤ交換などの作業があれば、そちらに集中できる。

普段はそんなに気にしていなくても、母校のセーラー服を見かけたりするとやはり思い出してしまう。

「お疲れさまでした。お先に失礼します」

他のスタッフに挨拶をして僕は店を後にし、店長に言われた居酒屋に向かった。


まだ少し時間が早いためか、店内はそれほど混雑している様子はない。

「おい、こっちだ」

店長は手招きして僕を座敷席に呼び入れた。

「お疲れさまです」

「おぅ、お疲れさん。どうだ仕事は慣れたか？」

「はい。楽しいです」

嘘ではない。仕事は楽しく、お客さんと話をするのも苦じゃない。

「それじゃ……」と言いかけたところでビールが二つ運ばれてきた。

「ビールですか？」

「飲めるだろ？　嫌なことは飲んで忘れるのが一番なんだよ」

そう言って店長はジョッキをカチッとぶつけてきた。枝豆やお刺身を食べながら、仕事の話やお客さんの話をしていると、

「だったらどうして時々何か考え込むような時があるんだ？」

と聞いてきた。

話してしまった方が楽になるんだろうとは思っていた。僕は少し迷ってから話しだした。

「彼女に振られたんです。別れようって言われたんですけど、理由を聞かずに、好きなまま別れちゃったからズルズル……」

「そういうことか。どうして理由を聞かなかったんだ？」

「店長はどうですか？　理由を聞かれたらホイホイ話しますか？　やっぱり相手のことを考えると言えなくないですか？　そんな彼女の気持ちがわかるから、彼女の幸せを考えて聞かなかったんです」

「お前、若いのにすげーな。俺なんか……」

　そう言いかけて店長は、

「明日から三日やるから気持ち整理して戻ってこい」

　と、僕に三日間の臨時休暇をくれた。


　二日だけ休んで仕事に戻ると、先輩スタッフから、「辞めたのかと思ったぞ」と揶揄われた。僕は、休みの間に彩加と行った場所や、一緒に歩いた街をぶらぶらしながら、一つずつ思い出をしっかりと胸に焼き付けた。僕なりのケジメの付け方だった。

　僕は本社前のスタンド勤務だから、社長はもちろん、専務や部長といった上司が毎日やってきて、自販機でコーヒーを買っていくのを見ていた。と同時に、毎日挨拶をしていくうちに名前を覚えてくれて「お疲れさん」とか「がんばってるか?」とか声を掛けてもらえるようになった。

　そんなある日、本社の経理課から同期の藤田菜津美さんが書類を抱えてやってきた。藤田さんは、研修中こそおとなしくて目立つタイプではなかったけれど、配属後は化粧の腕を上げ、髪型を変えたことでかわいい女性に変身していた。

「おはよう。髪型変えたんだね。似合ってるよ」

「ありがとう」

そんなやりとりを何回か重ねると、藤田さんからも話し掛けてくれるようになった。

「安田くん、同期の高卒グループで長島スパーランドに遊びに行こうって話が出てるの知ってる？」

「いや、何も聞いてないけど。僕はシフトのこともあるから、早めに日程とかわからないと調整できないなぁ」

「そっか。また詳しいことわかったら教えるね」

僕の頭の中に、悟たちのことが浮かんできた。みんな元気でやってるかなぁ。そんなふうにぼんやり考えていた。

どこに行っても悟のような情報通はいるもので、藤田さんには高校の時からお付き合いをしている彼がいるようだった。少しずつ気になる存在になりつつある藤田さんの情報は、僕にとっては重要な情報の一つになっていた。

夏の終わりに、僕は意を決して藤田さんに付き合ってほしいと告白した。

「え？　ごめん。私、彼氏いるから……」

「そんなこと知ってるよ。でも僕は君がいいんだ」

彼女は困った様子だったけれど、即答で断られることはなかった。

それから僕は、何回も彼女に話し掛けたりしていたけれど、敬遠されることもなく普通に言葉も交わせていた。

何回目くらいだっただろうか、藤田さんに異変が起こったのは。

「彼女に振られたこと引きずってるって聞いたよ。そんな状態で付き合うなんて普通に無理だよ」

「そうだよな。確かに今でも時々思い出すことはあるけど、必ず前を向くから……」

「やっぱり女としては自分一人を見ていてほしいって思う。ゆっくりでいいから、私一人を見てくれる？」

あまりにも突然で、僕は何が起こっているのかわからないくらいに動揺した。それでも彼女にはキッパリと言い切った。

「もちろんだよ。すぐには無理かもしれないけど、きっと大切にする」


僕が菜津美を好きになったのは、ルックスもそうだけど内面的な優しさだとか、気遣いだとか、そういった部分だと思う。やはり社会に出ていろいろな人と接することで人は磨かれるんだと思う。彩加にはない、人としての魅力を感じたんだと思った。

菜津美は社交的で人当たりがいい。敵を作るタイプじゃないから誰からも愛される。それはそれで心配ではあるけれど。

僕は菜津美をドライブに誘った。近場の海岸線を流したり、ショッピングに出掛けたりして休日を過ごした。彼女は笑顔が素敵で、横顔からも優しさが溢れている気がした。研修の時に受けた第一印象とは全く別人のようだと感じた。

「お休みの日なんかはどう過ごしているの？」

「特には何も。ダラダラしてるかな。後は本を読んだり」

当たり障りのない返事だとは思ったけれど、印象的には言葉どおりなんだろうと思う。

夕食をご馳走して、彼女を家まで送る道中で、彼女は唐突に聞いてきた。

「別れた彼女はどんな娘だったの？」

「どうして？」

「だって、別れた後もそんなに引きずってくれるって、ちょっと妬けるっていうか……」

見たこともないたこともない人に嫉妬するって、女性特有の感情なんだろうかと思いながら、

「言わなきゃダメ？」

「これから付き合うって考えたら、私もそんなふうに思われる女になりたいなぁってちょっと思ったから」

「えっ！　付き合う？　僕と？　彼氏は？」

「今ね、交渉中なの。別れるために」

びっくりした。僕と付き合うために彼氏に別れを告げたってことはもちろんだけど、僕が彼氏から彼女を奪ってしまうという現実に。僕は高校生の時にひとみに言った言葉を思

郵便はがき

料金受取人払郵便

新宿局承認

7553

差出有効期間
2024年1月
31日まで
(切手不要)

1 6 0-8 7 9 1

141

東京都新宿区新宿1－10－1

(株)文芸社

愛読者カード係 行

ふりがな お名前		明治　大正 昭和　平成　年生
ふりがな ご住所	□□□-□□□□	性別 男・女
お電話 番　号	(書籍ご注文の際に必要です)	ご職業
E-mail		
ご購読雑誌(複数可)		ご購読新聞 新

最近読んでおもしろかった本や今後、とりあげてほしいテーマをお教えください。

ご自分の研究成果や経験、お考え等を出版してみたいというお気持ちはありますか。

ある　　ない　　内容・テーマ(　　　　)

現在完成した作品をお持ちですか。

ある　　ない　　ジャンル・原稿量(　　　　)

名				
上 店	都道 府県	市区 郡	書店名	書店
			ご購入日	年　月　日

書をどこでお知りになりましたか?

.書店店頭　2.知人にすすめられて　3.インターネット(サイト名　　)

.DMハガキ　5.広告、記事を見て(新聞、雑誌名　　)

)質問に関連して、ご購入の決め手となったのは?

.タイトル　2.著者　3.内容　4.カバーデザイン　5.帯

の他ご自由にお書きください。

(　　)

書についてのご意見、ご感想をお聞かせください。

内容について

カバー、タイトル、帯について

弊社Webサイトからもご意見、ご感想をお寄せいただけます。

協力ありがとうございました。

お寄せいただいたご意見、ご感想は新聞広告等で匿名にて使わせていただくことがあります。

お客様の個人情報は、小社からの連絡のみに使用します。社外に提供することは一切ありません。

書籍のご注文は、お近くの書店または、ブックサービス(0120-29-9625)、セブンネットショッピング(http://7net.omni7.jp/)にお申し込み下さい。

い出した。

『誰かの幸せを壊してまで自分の欲望を満たそうとは思わない』

人の気持ちがわからなくなった。自分のそれさえも。

僕は彼女に、

「その話は次のデートの時に話すよ」

ステアリングを片手で握り、真っ直ぐ前を見据えて言った。


給料日になると、経理課から給料袋が届く。中身は明細書の他に、会社の罫紙が一枚入れられている。これにはその月の反省とか、会社への要望とか基本的に何を書いてもいいことになっている。

僕は毎月しっかりと書いているが、先輩スタッフは三行ほどしか書かないという。書いても何も変わらないからという理由だそうだが、書かないと伝わらないと思うから僕は書く。会社への不満、改善可能な点など、気が付いたことは書くようにしている。

今日も菜津美が給料袋を持ってきた。店長と笑顔で話している様子を横目で見ながら、僕はお客さんの対応に追われていた。

一息ついてショップに戻ると、

「お前、経理課の藤田さんと同期なんだろ？　彼女みたいな娘と付き合うといいんじゃないか？」

店長は何も知らずに話し掛けてくる。

「彼女には彼氏がいるって聞いてますよ」

「そうなのか？　そんなもん盗っちゃえばいいんだよ」

英子と同じことを言っている。店長もA型なのかと思った。

早番で六時に仕事を切り上げ駐車場に向かって歩いていると、後ろから声を掛けられた。

「お疲れさま」

菜津美だった。制服を着替えてカジュアルな服装で帰るところだった。僕は歩きながら、

「お疲れ！　今終わり？」

「そう。給料日はいつもこんな時間」

僕は石油メーカーのユニホームだったが、そんなことは気にもせず、

「じゃ、これからごはんでも行く？　この間の続きもあるし」

そう言うと、少し考える素振りをした後で、

「じゃ、家に電話してくるからちょっと待っててくれる？」

「ああ、車で待ってるよ」

僕は、今となっては元カノとなった彩加のことを、どうやって話そうかと考えながらエンジンキーを捻った。戻ってきた菜津美に行き先を伝えて、他の社員にバレないように別々に駐車場を出た。

郊外の住宅街にある居酒屋に着くと、車の中に置いてあったチェックのシャツに着替えてから彼女の来るのを待った。

「迷わなかった？」

「教え方が上手いのね、着いたんだから」

皮肉っぽく聞こえたが、どうってことはない。

「いらっしゃい」

大将は奥のテーブル席へ案内してくれて、

「今月二回目だろ？　大丈夫かいな」

と僕の懐具合を案じているようだった。

「今日給料日だから」

そう答えると、笑顔で調理場へと消えていった。

僕は彼女に、ガッツリ食べるか軽くにするかの二者択一を迫ると、即座に軽くと返事をした。嫌いなものはないかと聞くと、それもないと答えた。

「大将！　軽くでお願いします。それからビールとウーロン茶を」

「ビールなんか頼んで、帰りは？」

「代行運転だけど」

「ふーん……」

疑うような目つきで見つめる彼女をよそに、僕は話を始めた。

「何から話したらいいかな。元カノのこと？」

「ちょっと聞いてみたいかな」

僕は一度天井を見上げて、少し間をおいてから話しだした。

「とにかく明るくて元気な娘だったね。天真爛漫っていうのかな、怖いものがないっていうのか」

彩加のことを思い出しながらポツリポツリと話していると、

「どうして別れることになったの？」

「それは僕にもわからない。いきなりだったからね」

僕は、ビールの入ったジョッキについた水滴が流れ落ちるのを見ながら答えていた。

「予感みたいなものはあったんだけど……。やっぱりよくわからない。でも女の子の方から別れようって言ってくるってことは、彼女にもそれなりの覚悟もあったんだろうと思ったし、だから何も聞かないで、好きなまま別れちゃったんだ」

「それは引きずるね」

菜津美は僕の気持ちに同意してくれた後で、

「無理に忘れようとすると辛くなるから、そんな時は言ってくれればいいし、リハビリだと思って、ゆっくり私のことを見てくれればいいからね」

と言ってくれた。僕はこの一言で物凄く救われた気がした。それと同時に菜津美の想いに応えてあげたいと思った。

それから何回かのデートを重ねたあと、僕らは正式に付き合うことになった。結果的に僕は彼から菜津美を奪ってしまった。自分にそんなことができてしまうことに、驚きと少しの罪悪感を抱いた。

菜津美は僕に、「暖かくなったら旅行に行きたいね」と言い、少しだけれどわがままっぽいところも見せるようになってきた。彩加にはなかった一面を見られて、新鮮な気持ちで付き合うことができそうな気がする。

◆

僕がお客さんの車のオイル交換を終えて洗車機に車を通していると、後ろから店長がニヤニヤしながら近寄ってきた。

「最近調子が良いみたいだな」

「そうですか？　普通ですよ」

極力平静を装って答えたけれど、店長はまだニヤニヤしている。嫌な予感がして「どうしたんですか」と聞くと、

「聞いたぞ。経理の菜津美ちゃんと付き合ってるんだってな」

一体どこからそういう情報が漏れているのか、社内の情報発信源はどこなのか、疑問を感じる。

「もうそんな情報が飛び交ってるんですか？」

「みんな知ってるぞ。むしろみんなが知ってることを知らないお前の方がおかしいんじゃないか？」

「なんですか、ソレ」

僕は店長に「あまり広めないでください」とお願いしたが、言うだけ無駄かと諦めることにした。（いっそ公言してしまった方が楽かもな）とも考えていた。

夜になって菜津美の家に電話をかけて、僕たちのことが社内に知れ渡っていることを話すと、

「知ってるよ。別にいいんじゃない、悪いことしてるわけじゃないんだし」

「まあそうだけどさ。でもみんなからチヤホヤされるのは気が引けるなあ」

「そんなことより、今度の慰安旅行どうなったの？」

「僕は一班だけど」

「良かった、私も一班だったわ」


初めての慰安旅行は愛知県へのバス旅行で、社員の約三分の一が一つの班になって、三班に分かれて実施されるようだ。僕と菜津美は二人とも一班に選ばれ、三日間の旅程を共にすることになった。さすがにバスの中では一緒に座ることはなかったが、あちこちの観光地では二人で行動することもあった。熱田神宮では菜津美と二人で手を合わせた。でも、彩加のように「何をお願いしたの？」と聞いてくることはなかった。

三ヵ所の観光を終えて、バスは旅館の玄関先に停車した。どこの観光地にもあるような大きな温泉旅館だった。黒いスーツにネクタイを締めた支配人らしき人や、たくさんの仲居さんの出迎えの中をぞろぞろと列になってバスを降りていく。

「ようこそお越しくださいました」

と女将さんらしき人に優しく声を掛けられ、僕は咄嗟に、「お世話になります」と答えたのだが、周りの人たちは無言で中に入っていく。どうして何も言わないんだろうと思いながらも、今はちゃんと挨拶のできた自分に満足していた。

客室に案内されると、大学出身の同期二人と、先輩社員一人の四人部屋だった。僕にとっては決して居心地のいい部屋割りではなかった。

仲居のおばさんは、非常口の場所や宴会場の場所などの説明をした後で、「お疲れでしょう」と言いながらお茶を淹れてくれた。

「宴会は六時からです。入浴は二十四時間できますから」

と言って部屋を後にした。


宴会場にはすでにたくさんの社員がいたが、席に着いているのは半分にも満たない。どうしたのかと思い人だかりの中を覗き込んでみると、宴会の座席をくじ引きで決めているようだった。社長や部課長なども上座に座るのではなく、一様にくじ引きで決めるみたいだ。僕のくじは38番で、角から二番目だった。一方で菜津美は同じ列の反対角から三番目の席に決まった。直線距離でも15メートルくらい離れた席だった。

宴の冒頭に社長から、日頃の労をねぎらう言葉と、無礼講だから部課長は部下の言葉をしっかりと受け止めるようにとの指示があった。

偶然というのか、菜津美の隣には同じスタンドの先輩スタッフが座り、反対側の隣は経理課の小林課長が座ることに決まっていた。先輩は僕に、

「お前もついてないなぁ。藤田さんの隣は小林課長だよ」

僕には言葉の意味がわからなかったが、それは後になって知るところとなった。

僕の席に同期の小柳佳代子さんがビールを持って小走りに寄ってきた。

「お酌するのも大変だね」

と僕がグラスを差し出すと、

「なに呑気に飲んでるのよ！　菜津美が大変なことになってるわよ！」

そう言って菜津美の方を指さした。菜津美は小林課長から次から次へと酒を注がれ、泥酔寸前になるまで飲まされていたのだ。まだ未成年だというのに。僕は慌てて立ち上がり、菜津美の方に近寄っていくと、そこには上機嫌の課長の隣で、浴衣の胸が少し開け(はだ)て、やっと座っているという感じの菜津美がいた。

「おい菜津美、飲みすぎだぞ」

と声を掛けると、小林課長は僕の目を見て、

「お前が今年の高卒ナンバーワンか。ビールで良ければ注いでやるぞ」

「こんなになるまで飲ませて何をするつもりですか？」

「は？　何だとぉ？」

課長が胡坐を崩して片膝を立てたところで、僕は菜津美を立たせて先輩に預けた。それから課長の方に向き直り、

「そんなに飲みたきゃ俺が飲ませてやるよ」

と吐き捨てた後で、先輩の「おい、やめろ！」という声を無視して、課長の頭にビー

ルを注いでやった。

翌朝、ロビーで先輩とコーヒーを飲んでいると、社長が僕に近寄ってきた。

「おはようございます。昨日は申しわけありませんでした」

と挨拶すると、

「おはよう。見事だったな。一部始終を見せてもらったよ。君みたいな社員がいる間はウチの会社も安泰だよ。彼女も君が彼氏で良かったと思ってるんじゃないか?」

「そんなこと……。でも、彼女じゃなくても同じようにしたと思います」

僕は社長の目を真っ直ぐに見て言い切ると、

「期待しているぞ! がんばれ!」

と言って立ち去った。

少し遅れて菜津美が同期の娘たちと階段を下りてくるのが見えた。僕は小柳さんを捕まえて菜津美の様子を訊いた。

「佳代ちゃん、昨日はありがとう。その後どうだった?」

「二回吐いたけど、それからはぐっすり」

「そうか。佳代ちゃんは眠れた?」

「私は大丈夫。ありがとう」

そんなことを話していると、バツが悪そうに菜津美がやってきた。

「ごめんなさい……」

「もう終わったことだ。自分がわからなくなるまで飲んじゃだめだろ。人のいないところだったらどうなってたか……」

「うん……。本当にごめんなさい……」

僕が小柳さんに「菜津美のことをお願いしていいか？」と訊ねると、「いいわよ」と答えてくれて、二人はバスに乗り込んだ。僕はその背中を見届けた後で、「先が思いやられるな、まったく」と、ひとりごちた。

先輩から「俺たちもそろそろ行くか」と言われて我に返り、僕と先輩は少し遅れてバスに乗った。車内に貼られた今日の旅程表には、豊川稲荷からトヨタ博物館と書いてあった。


その日の宴会場では異様な光景が目についた。社長が右手にマイクを持ち、左手には名簿を持って、社長の独断で座席を決めていたのだ。社長は僕に気を遣ってくれたのか、一番端の席には菜津美が、そしてその隣には僕が指名された。

宴会が始まりふと上座に目を遣ると、そこには社長と専務の間で小さくなっている小林課長の姿があった。

僕と菜津美の二年近くの付き合いの中では、飛騨高山や、富士山にもドライブに行ったりもした。もちろん喧嘩もあった。菜津美の血液型はＡＢ型で、Ｏ型の僕にはいろんな部分が新鮮で、それが魅力的に感じたのかも知れない。二面性という部分では、確かにそんなところもある。機嫌のいい時と悪い時がハッキリしているし、考え方や発言の仕方なんかもその時によって違いがある。逆にそれが一緒にいて疲れる時もあるのだけれど。

◆

入社して二年目の六月に、石油部の部長が僕のところにやってきた。

「安田くん、ちょっと」

と言い、事務所に手招きされた。中に入ると部長は椅子に座って脚を組んでいた。

「安田くん、七月から店長やってくれないか？」

「えっ！　僕がですか？」

伏線はあった。入社当時の店長は車両販売部に異動になり、その後に着任した店長が二人いたが、毎朝社長や部長がコーヒーを飲みに来たりタバコを買いに来たりという本社前スタンドの特異性に馴染めず、二人ともプレッシャーに押し潰されていったのだ。

「本当に僕なんかでいいんでしょうか？」

「元売りの支店管轄で二十歳の店長は異例だそうだ。光栄だと思わないか？」

僕はこの会社に入ってからも、日々野心を持って仕事をしてきた。こんないい話はない。もちろん不安はあるが、やってみたいという思いの方が勝っていた。

「不安はありますが、是非やらせてください」

僕はしっかりとした口調で部長に言った。


夜、普段なら電話をしているところだが、今日は無性に会いたくなって、気が付くと菜津美の家まで車を走らせていた。

家の前で小さくクラクションを鳴らすと、二階の窓から菜津美が顔を出した。

「ちょっと出てこれない？」

「えっ、今から？　ウチ上がんなよ」

「いいの？」

僕は彼女の家に通され、お母さんと初めての対面をすることになった。

「こんばんは。遅くにお邪魔してすみません」

「仕事の帰り？」

「あ、はい」

「お茶淹れてくるわね」

そう言ってお母さんが席を外すと、濡れた髪をタオルで拭きながら菜津美が口を開いた。

「どうしたの？　こんな時間に」

「今日部長に呼ばれてさ、七月から店長やってくれって言われたんだ」

「凄いじゃない！　で？　もちろん受けたんでしょ？」

「うん、がんばりますって」

お茶を淹れて戻ってきたお母さんも、

「凄いわね。あんなことがあったのにね。菜津美から聞いたわ。ありがとうね。なかなかできることじゃないわ。サトルさん……だったわよね。この娘はわがままに育ったから苦労するわよ」

そんなふうに言って、お母さんは部屋を出ていった。


七月一日。僕は本社SSの店長になった。昨日まで同僚だった先輩スタッフは、今日から僕の部下という図式になった。やり辛さは若干あるけれど、そこは持ち前の明るさと元気で乗り切って行こうと思う。仲間にも朝のミーティングで、「意識せずにこれまでと同じように仕事していきましょう」と挨拶した。

肩書きなんてものは、責任が重くなっただけのことで、決して偉くなったわけではないことくらいはわかっている。受けた以上、がんばるしかないと自分に言い聞かせた。

菜津美は毎週日曜日の夕方から料理教室に通うようになった。知人の紹介で、六十五歳くらいのお婆さんが自宅で開講している教室らしい。料理学校のように高額の授業料や教材も一切なく、毎回料理の基本的なことを教えてくれるようで、菜津美には合っているという。料理上手なのは結構なことだし、僕としても歓迎できる。いつか美味しいものをたくさん食べさせてもらおう。

「今日はどうだった？」

「冷蔵庫の余り物で作る料理だったわ。こういうのって、学校とかでは絶対に教えないよね」

「そうだな。基本もそうだけど、応用力を学べるのはいいね」

菜津美と家庭を持つことになったら、毎日美味しいごはんが食べられそうだなと、一人で妄想の世界に浸っていた。

三年目の春、菜津美は車両販売部に異動になった。僕は新規の顧客を発掘したり、従来からの顧客とも関係を密に保ちながら、若干ではあるけれど業績を伸ばしていた。

お客さんから依頼を受けた修理の件で、整備工場のフロントへ進捗状況の確認に行ったその足で、車販のショールームへ寄り菜津美の様子を窺いに行った。

「お疲れさま。どう？　慣れない仕事で大変か？」

「そうね、制服が少しかわいくなったかな」

「確かにそれは言える。似合ってるよ」

「ありがとう」

　そんな普通の会話だったけれど、いつもより元気がなかった。


　そして夏を迎える頃、菜津美は会社を辞めると言ってきた。

「どうして何も相談しないで決めちゃうの？」

「相談しても結果は変わらないよ。人ってそういうもんじゃない？　辞めようかなって思った時にはもう決めてるもんだよ」

「別に反対するつもりはないけど、一言あってもいいんじゃない？」

　僕は菜津美が会社を辞めることよりも、一人で決断したことが残念だった。近くにいるつもりだったのに、何一つ話してもくれずに決めてしまったことが。それなら僕の存在って……。

　お母さんの言っていたわがままの意味が少しわかった気がした。

　七月末、菜津美は会社を去った。

◆

菜津美が会社を去って二年、僕たちの付き合いは四年を過ぎた。菜津美は家電量販店で接客アドバイザーの仕事に就いて、店内装飾を任せられるまでになった。今の仕事には、やり甲斐も感じているという。

僕は二十四時間営業の店舗に異動となり、相変わらず店長として毎日汗を流している。給料もそれなりの金額にまで昇給して、今の仕事といえば後進の育成がメインになっている。

菜津美の仕事は、週末の集客力が期待される性質もあり、平日に休みを取ることが多い。それに合わせて僕も休暇を取るようにしている。

この日僕たちはドライブに出掛けて、仕事の話はもちろんだけど、これからの僕たちのことを真剣に話していた。

「菜津美は子どもって好きか？」

「そうね。やっぱり子どもがいると人生が豊かになりそうだし、二人は欲しいかな」

「僕は女の子がいいな。僕の夢は娘の結婚式で号泣することだから」

「何それ。でも貴方らしいわ」

僕たちは海の見えるレストランで昼食を摂り、少し海岸を散歩していた。

「菜津美、僕は今の会社で君に出会えたこと、凄く嬉しく思ってる。最初は失恋の穴埋めのつもりだったけど、どんどん君に惹かれていって、気が付いたら四年も経ってた」

「そうね。正直わたしも、こんなに長い間貴方と付き合うなんて思ってもみなかったわ」

「これからもいろんなことが僕たちに待ち受けていて、喧嘩になることもあるかも知れない。でも君と二人なら乗り越えられる気がするんだ。菜津美、僕と結婚してくれないか？」

僕は準備していたわけでもないのに、菜津美にプロポーズをした。

「何よ突然！　でも嬉しい。私なんかで良ければ、よろしくお願いします」

僕は彼女を抱き寄せて、耳元で優しく囁いた。

「ありがとう。大切にするよ」

営業から店に戻ると、スタッフの一人が、

「店長、女性のお客様がお待ちですよ」

と声を掛けてきた。ショップの椅子に腰掛けて缶コーヒーを飲んでいたのは菜津美だった。

「すみません、お待たせしました」

冗談めかして言うと、

「サトル、日曜日って休み取れない？　お父さんが貴方を連れてこいって言うのよ」

「今度の日曜は仕事だけど、その次なら大丈夫。何とかするよ」

「直前でドタキャンとかやめてよ。私も日曜日に休み取るの大変なんだから」

「わかってるって」

（いよいよご両親に挨拶か。緊張するだろうな……）


菜津美の家へ挨拶に出掛ける前の晩、僕は菜津美に電話を掛けた。

「明日のことだけどさ、十時でいいか？」

「うん、それでいいと思うよ」

僕は菜津美のお母さんには何回か会って話をしたこともあるけれど、夜勤をしているお父さんには二回しか会ったことがない。どんな人なのか想像すらできない。

「お父さんって気難しい人って感じ？」

「そんなことはないわ。あまりベラベラしゃべるタイプではないけどね」

仕事柄、どちらかと言えばよくしゃべる人の方が話しやすいのにと思った。

「たぶん緊張はすると思うから、もしもの時はフォロー頼むよ」

「そんな心配しなくても大丈夫よ」

「他人事だと思って」

尻込みしても仕方ないし、普通にやろうと決めて、「じゃ明日」と言って受話器を置いた。


「父さん、入るよ」

襖を開けると寝間着姿の父さんが一人で寛いでいた。僕は父さんの前に胡坐をかいて話しだした。

「明日、向こうのご両親に挨拶に行ってくるよ」

「そうか。気取らずにがんばってこいよ」

「これから父さんや母さんにいろいろ面倒掛けるけど、よろしくお願いします」

そう言うと、父さんは、

「どうしたんだ改まって。戦争に行くんじゃないんだぞ」

と笑った。


予定の五分前に菜津美の家に着くと、菜津美が出迎えてくれて、心配そうに話し掛ける。

「大丈夫？　緊張してない？」

「意外と大丈夫みたいだよ」

嘘ではない。思っていたよりは大丈夫そうだ。

僕は居間に通され、座布団が敷いてあるところに座るように促された。菜津美は僕の左後ろに座った。

直ぐにお父さんが入ってきて、僕の前に陣取った。お母さんがお茶を運んできたところで、

「お天気が良くて良かったわね」

と言って、お父さんと僕の前にお茶の入ったグラスを置いた。お父さんは煙草に火を点けて、

「まあ、君も一服どうだ？」

と、僕の方に少し形の崩れたパッケージを差し出した。いつもよりキツい煙草だけれど、「じゃ遠慮なく」と一本いただくと、お父さんがその先にライターで火を点けてくれた。一息吸って、ゆっくりと吐き出す。

お父さんが灰皿で煙草を消したのを確認してから、僕も同じように火を消した。

僕は正座していた腰を上げて、一歩後ろに下がり座布団を横に引いた。

「これまでに菜津美さんとはいろいろありましたが、今日まで四年間お付き合いをさせていただきました。これからどんな大きな壁にぶち当たるかはわかりませんが、菜津美さん

となら乗り越えられると思います。明日のことすらわからないので、必ず幸せにしますと、ここで断言はできません。でも、お父さんお母さんが大切に育ててくださった菜津美さんのこと、僕が必ず大切にします。菜津美さんを僕にください」

僕はこれ以上ないほど頭を下げた。僕の横では菜津美も鼻を啜りながら頭を下げていた。

お父さんは一つ二つ大きく溜め息をついた後で、

「まだ早い気もするが、行き遅れるのも困る。わがままで気の強い娘だが、よろしくお願いします」

そう言って僕に深々と頭を下げた。

それから半年後、僕たちは結婚式を挙げることになった。

◆

三月。結婚披露宴では、吉田ひとみに各テーブルのフラワーコーディネートをお願いした。もちろん、錦織悟と星野英子にも出席してもらった。悟は警察官になって交番勤務をしているらしい。結婚はまだだったが、近々プロポーズすると悟は言っていた。

悟には友人代表スピーチをお願いして、高校時代の僕たちがいかに馬鹿だったかを暴露して、大きな笑いを誘っていた。

　それよりも驚いたのは、社長のスピーチだった。ありきたりの祝辞の後で、慰安旅行で上司の頭にビールを掛けたことを暴露したかと思えば、高卒ナンバーワンの出世頭であることなど、様々な言葉で僕を褒め称えてくれた。

　そして最後にサプライズを残していたのだ。

「サトルくんは我が社に入社以来、様々な改革をしてくれました。二十二歳でこれだけの働きをしてくれるのは私にとっても、いい意味で大きな誤算です。そこで今日は、皆さんの前で彼にプレゼントをしたいと思います」

　社長はそう言って内ポケットから真っ白な封筒を取り出し、その中身を読み始めた。

「安田サトル殿。四月一日より、石油部副部長の任を命ずる」

　出席者からは大きな拍手とどよめきが起こった。

「サトルくん、受け取ってくれるか？」

「謹んでお受けいたします」

　会場はさらに大きな拍手に包まれた。

◆

菜津美と結婚して二年が過ぎた。僕たちには待望の女の子が生まれた。優しい女の子に育ってほしいという想いで、ほのかと名付けた。

僕は会社から支給された携帯電話で、毎日ほのかの様子を聞くことが日課になった。家に帰ってほのかをこの手に抱けば、どんな嫌なことがあった日でも、一瞬にしてそんなことは忘れて幸せに包まれる。

家庭を持つということ、子どもを授かるということで、僕が生きている意味とか責任の重さを全身で感じ取ることができた。と同時に、自分を産んで育ててくれた両親に対して『ありがとう』という感謝の気持ちでいっぱいになった。

「ねえ、今日ほのかが寝返りできるようになったのよ」

「そうなのか？　少しずつ成長してるんだな。菜津美、本当にありがとう。ほのかのこと、大切に育てていこうな」

僕が菜津美にそう言うと、すっかりお母さんの顔になって、優しい眼差しでほのかを見つめる菜津美の姿がそこにはあった。

ほのかはすくすくと成長し、帰宅するとハイハイをしながら玄関まで僕を迎えに来る。言葉にならない声で「パパーパパー」と言う。すぐさまほのかを抱きかかえると、まるで僕の心音を確かめるように胸に顔を埋めてくる。堪らなく愛しいと思える瞬間だ。

この娘が大きくなって、恋をするようになったら僕は平気でいられるのかなぁと思うと、いつもより少し強く抱きしめたくなる。

「パパったら、先が思いやられるわね」

「絶対に嫁になんか行くなよ」

菜津美が呆れて笑っていた。

菜津美が仕事に復帰すると、僕は仕事を早めに切り上げて保育園にほのかを迎えに行ったり、近くの公園に遊びに連れて行ったりして過ごした。できる範囲で一緒にお風呂に入って、キャラクターの顔が描かれたジョウロやアヒルのおもちゃで遊んだりもした。いつまで一緒にお風呂に入ってくれるかなぁなんて考えると、なんだか寂しくなったりもする。

「仕事忙しそうだね。あまり無理をして身体壊しちゃだめだぞ」

「うん、わかってる。ありがとう」

そんなふうにお互いのことを思いやり、ほのかの世話も二人で協力しながら、何とか仕事と子育てを両立させている。それでも菜津美に比べれば僕なんかまだまだなんだけど。

副部長になってから、雑務が増えてさらに忙しくなった。石油部には部長以下、僕を含めて五人が在籍しているが、日々の仕入れや日報の集計業務でみんな忙しく、各ＳＳへの配布物などは巡回を兼ねて僕の仕事となっている。最近は携帯電話の普及でずいぶんと効率的になったが、それまでは一日ではすべてを終えることはできないほどだった。

毎日黙々と仕事をこなし、部下のフォローも忘れることはしない。女性社員の誕生日には休暇を、既婚男性の奥様には誕生日にお花を贈った。そうやって私生活を充実させて、より仕事に集中できる環境を作っていったのだ。

僕は仕事に集中するあまり、ほのかが小学校に上がる頃には、残業で帰りが遅くなったり、取引先との接待で深夜に帰宅することもあった。

「仕事が忙しくて帰りが遅くなるのは仕方ないけど、連絡くらいできるでしょ。家庭のことも考えてよ」

菜津美のイライラも高まって、僕に愚痴をこぼすことも増えてきた。

「ごめん。早く帰れる時はそうするし、連絡もするよ」

僕だってイライラもするけれど、菜津美と口論になって、それがストレスになるのも嫌だから僕の方から謝ることの方が多い。

取引先に携帯電話を扱っている企業があって、営業も兼ねて顔を出した。ちょうど社長さんもいらっしゃって、

「お、安田くん。久しぶりだな」

「ご無沙汰しております。今日は新しいタイヤのご紹介をと思いまして……」

いつもなら、話を聞いてくれることの方が稀なのだが、今日は普通に応じてくれた。しかも社用車二台分のタイヤの購入を確約してくれた。

「ありがとうございます。特価でのお見積もりを後日お持ちします」

「そうしてくれ。ところで安田くん、その電話は会社の支給なのかい？」

「そうです。これを使うようになってから仕事がずいぶん効率的になりましたね」

「どうだ？　プライベート用と家族用に二台買わないか？」

そういうことか。そう思ったけれど、無下に断ることもできず、これからのお付き合いもある。それに菜津美との連絡に使えるなと思い、

「わかりました。妻の分と二台お願いします」

「無理言ってすまんな」

「いいえ、大丈夫ですよ。いずれはみんなが持つ時代が来るでしょうし」

また月々の出費が増えそうだと思いながらも、取引先との関係を壊したくないというのが本音だった。

女子社員の説明を受けて、僕は携帯電話を二台契約して帰ることになった。

家に帰って、菜津美に携帯を買わされたことを話して、持ち歩くようにと一台を手渡した。

「子どもの頃に見た未来のアイテムはどんどん実現していくんだね。でも本当に必要なものなのかなぁ」

「なくてもいいものかも知れないけど、仕事で使ってると便利だとは思うぞ。無理に使うこともないけど、まあ緊急連絡用だと思ってさ」

あまり積極的ではなかったけれど、とりあえずは使うと言ってくれた。

◆

十回目の結婚記念日は、菜津美、ほのかと三人で食事に出掛けた。菜津美は当初、子どもは二人欲しいと言っていたが、子育てよりも仕事にやり甲斐を感じるようになってからは、二人目の話すらすることはなくなってしまった。それでも僕は、家のこともほのかのこともしっかりとやってくれる菜津美に感謝していたし、満足もしていた。

「菜津美、十年間本当にありがとう。これからも三人仲良くやっていこうな」

「なんだか、あっという間だった気がするわね。貴方も身体壊さないようにね」

「ありがとう。大好きだよ菜津美」

ほのかが僕の方を見て微笑んでいる。そんなほのかにも、

「パパとママの子どもに生まれてくれてありがとう。ほのかのことも大好きだよ」

ほのかは嬉しそうに、

「わたしもパパのことだ～い好き」

と、とびきりの笑顔で返してくれた。ほのかは僕の顔色を窺いながら、

「ねぇパパ、夏休みに東京のテーマパークに連れてってよ」

咄嗟に、菜津美に似て計算高いヤツだなと思った。考えておくよとだけ答えてその場をやり過ごした。

帰宅してから、菜津美に、ほのかの言ったことをどんなふうに捉えているのか訊ねてみると、

「私はフロアマネージャーに指名されて、今凄く忙しいのよ」

「えっ、そうなの？　聞いてないけど。ちゃんと言ってくれよ」

「そんなことを話したところで、どうなるわけでもないでしょ。家電業界は夏休みの時期は書き入れ時だから休みなんて取れないわよ」

僕にも菜津美のことをとやかく言う資格なんてないけれど、あまりにぶっきらぼうな態度にイラッとしてしまった。

「仕事に集中することがだめだとは思わないけど、家庭を犠牲にしてまで仕事をする意味があるのか？」

「それどういう意味よ」

「もうやめよう。水掛け論になるだけだ。君が無理なら僕がほのかを連れていくよ」

「そうしてくれると助かるわ」

そんなふうに言う人じゃなかったのに。何か歯車が狂いだしている、そんな感じが僕の中でうごめいている気がした。


その夜、僕は夢を見た。真っ赤なワンピースを着た彩加が、ただただ広い草原を走り回っている夢を。追いかけても追いかけても、一向に追いつかない、そんな夢だった。

走り疲れて座り込んだ彩加に、

「どうして逃げるの？」

と問いかけると、僕に向かってとびきりの笑顔を見せて彩加が言う。

「先輩！　先輩はもっとぶつかって！」

そう言われたと同時に目が覚めた。

何だったんだ？　どういう意味だ？　今の夢……。

僕は（悪い報せじゃなきゃいいけど）と思いながら、再び浅い眠りについた。

朝、職場に着くとすぐに、僕は部長のデスクに向かった。

「部長、おはようございます。ちょっとご相談がありまして……」

「どうした？」

　改まって部長と話すことなどそうあることじゃない。適度な緊張感を持って話しだした。

「日曜日を使ってどこかで連休をいただけないかと思いまして。娘に東京のテーマパークへ連れていってくれとせがまれてしまって」

「いいんじゃないか。君も部下にはそういうところは理解して休み取らせているんだろ？　俺たちだって同じ社員だよ。肩書きがあるからと言って犠牲になる必要なんてどこにもないさ」

「ありがとうございます。そう言っていただけると気が楽になります」

　部長は僕が突然に副部長になってから、何かと僕のことを気にかけてくれる。プレッシャーに押し潰されないように配慮もしてくれるから、僕もその気持ちに応えるために必死で仕事に向き合ってきた。信頼関係が保たれているのだと思う。

　部長も僕も、ともに部下には慕われていて、仕事がしやすい環境にはある。でもここまでくるにはそれなりの苦労があったのも事実。部長とぶつかったことも多々あった。親子ほど歳の離れた部長とは考え方にギャップもあったし、それでも部長の方が若い僕たちに合わせてくれたから今の環境が出来上がったのだ。部長には感謝しかない。

僕も自分の考え方に囚われず、柔軟に対応できる部長のような人になりたいと思った。


会社の近くにある食堂で昼食を摂っていると、

「副部長、デスクの上で携帯踊ってましたよ」

僕は上着のポケットを探って、置き忘れたことを確認してから、

「さっき使ってそのままだったか。すまん、ありがとう」

デスクに戻ると、置き忘れた携帯のランプが点滅していた。着信は菜津美からだった。

ひとつ溜め息をついてから折り返した。

「ごめん、飯食ってた。どうした？」

「忙しいのにごめん。あのさ、急に会議が入ってほのかのお迎え行けそうにないのよ。何とかならない？」

最近こういうことが多くなった気がする。

「ほのかを一人にするわけにはいかないだろ。何とか時間作って行くよ。児童館だろ？」

「良かった。本当ごめん」

それだけ言うと、何も言わずに突然切れた。溜め息しか出なかった。菜津美はほのかのことをどんなふうに思っているのか、それすらもわからなくなった。

児童館にほのかを迎えに行くと、

「あっ、パパだ！」

元気いっぱいのほのかが飛びついてきた。

「汗びっしょりじゃないか。帰ってお風呂入らないとな」

児童館の先生にさようならを言って戻ってきたかと思えば、またランドセルを取りに戻って、二度目のさようならを言う。お転婆だなぁと思いながらも、我が子の成長に目を細めた。

ほのかと二人でお湯に浸かりながら、

「宿題は終わってるの？」

こんなことを聞くのは初めてかも知れないと思った。

「うん、いつも児童館でやっちゃうよ」

「そうか。ほのか、この間話してたテーマパークのことだけど、夏休みになったらすぐに行けそうだよ」

「ほんとうに！　すごーいパパ大好きだよ」

浴槽から飛び上がって、全身で喜びを表現するほのかは、満面の笑みで僕に抱きついてきた。僕にとってはこれ以上ない愛情表現で、単純に幸せを感じた瞬間だった。

「もう一度ママにも聞いてみるけど、パパと二人でもいい？」

「ママも行けるといいけど、パパが一緒ならほのかは大丈夫だよ」

嬉しかった。〝パパが一緒なら〟と言われただけなのに、こんなにも嬉しいなんて……。

菜津美は帰ってくると、すぐさまリビングの椅子に腰掛けた。

「お疲れさま。ずいぶんと疲れてるみたいだな」

と言ってコップに一杯の水を差し出した。

「ありがとう」

菜津美は一気に飲み干して、はぁーっと大きな溜め息をついて項垂れた。疲れていると
ころ何だけどと言ってから、東京行きのことを告げた。

「七月二十三日の日曜日からの一泊二日で行こうと思ってるんだけど、菜津美はどう
だ？　やっぱり休めないの？」

「平日の二日だったらまだ可能性はありそうだけど、休日が絡むと難しいかも」

「じゃ、明日もう一度調整してみるから、菜津美も上司に相談してみてよ。ほのかのため
だと思ってさ。ホテルの予約とかもあるから、結果を連絡してくれる？」

「わかったわ。聞いてみる」

翌日、菜津美からメールが届いた。

『やっぱり連休は無理だわ。身内の不幸とかなら別だけどって言われたわ。ごめんなさ
い。残念だけど、今回はほのかと二人で楽しんできて』

予想はしていたけれど、少しだけ寂しさが僕の胸の中を通り過ぎていった。

◆

「それじゃ行ってくるね。ほのかもママにご挨拶しないと」

「ママ行ってきま～す」

「おみやげ待ってるわね。パパの言うことちゃんと聞いてね」

そんな当たり前の言葉を交わして、僕はほのかの手を引いて家を出た。

空港までの道中、ほのかはこれから始まる東京への旅に期待が増し、すこぶるご機嫌で、ハミングで何かを口ずさんでいるようだった。

僕が「何を歌っているのかな?」と訊くと、ほのかは照れ臭そうに「ヒ・ミ・ツ」と答えた。僕は、たった三文字のそのフレーズで、あの頃の彩加の姿が脳裏をかすめていくのを感じていた。

僕は（どうしてこんな時に……）と思いながらステアリングを握り直した。

ほのかは飛行機が初めてで、少し緊張している様子だったが、大丈夫だよって声を掛けると、いつの間にか笑顔に戻っていた。

せっかく行くのだからと、オフィシャルホテルに宿泊することにした。子どもと二人での旅行だが、結構な出費になってしまった。それでもほのかが喜んでくれるならと思い切った。

パークの中では、ほのかはあれこれとアトラクションを乗り継ぎ、さぞ疲れたことだろうと思っていたが、ホテルに着いてからもお気に入りのキャラクターが描かれた部屋に興奮しながら、いつまでもはしゃいでいた。

一休みしてから菜津美に電話をしたが応答がなかった。とりあえずほのかとシャワーを浴び、デジタルカメラで撮ったほのかの愛らしい姿に目を細めていると、僕の携帯がブルブルと震えだした。

「ごめんなさい、お風呂入ってたの。疲れたでしょ？」

「そうだな。まったく子どもの元気さには頭が下がるよ」

ベッドに腰掛けながら、やや俯きがちに答えた。ほのかに代わるよと言って携帯をほのかに預けた。

「ママ、すごいよー。お部屋の中まで魔法の国にいるみたいなの！」

「……」

「うん。今度はママも一緒にね」

菜津美がほのかと何を話したのかは知らないけれど、ほのかの言うとおりやっぱり三人で来たかったなという思いがぶり返してきた。

「明日は十九時の飛行機だから、そっちに戻るのは夜十時頃になるよ」

「帰りの運転も気を付けてよ」

「明日、空港に着いたらまた連絡するよ」

携帯をベッドに放り投げて隣のベッドに目をやると、ほのかが小さな寝息をたてて眠りに落ちていた。

二学期が始まり、ほのかは慌ただしくランドセルを背負って出掛けていく。

「パパ、ママ、行ってきま〜す」

「車に気を付けるんだよ」

いつものように最高の笑顔で送り出す。僕自身が決めたルーティン。これは菜津美に対しても同じ。もしも僕に万一の事が起きても、最後に見たパパの姿が笑顔であってほしいから。

菜津美が焼いてくれたトーストを一口かじってコーヒーで流し込む。菜津美は支度を済ませて大きなバッグを肩に引っ掛けて、

「お天気が良いから、ほのかのお布団干してくれる？　もしも手が空くようなら寝室のお

掃除もお願い」

「わかったよ。気を付けてね。行ってらっしゃい」

菜津美は僕に背を向けたままそそくさと玄関を出ていった。


朝食の後始末を終えて、家中の窓を開け放って空気の入れ換えをする。通り過ぎる柔らかな風が肌をかすめていく。大きな背伸びを一つして、僕の休日が始まった。

真っ白なTシャツに着替えて、少し色の褪せたジーンズを穿いた。それだけで気持ちがいい。クローゼットの鏡に全身を映すと、少しぽっこりと膨らんだお腹周りが気になった。

菜津美に言われたほのかの布団をベランダに干して、風で飛ばされないようにクリップで留めた。キッチンに戻ってレンジフードの油汚れも綺麗にした。リビングに散らかった本や細々とした雑貨を片付けて、ラグマットを捲った。掃除機の出番だ。部屋の隅々まで念入りに掃除機をかけると、さっき着たばかりのTシャツの背中がしっとりとしている。グラスに一杯の水を取り、喉の奥に流し込み、もう一杯は観葉植物にあげた。心なしか嬉しそうだ。

一息ついてから僕は二階の寝室に向かった。セミダブルとシングルを並べたベッドを眺めて、ちょっと三人では狭くなってきたかなと思った。ほのかを自分の部屋で寝かせることも考えないといけない時期に来てるのかもな。そんなことを考えながら掃除機をかけていると、どこからかブルブルと振動する音が聞こえた。掃除機を止めてクローゼットに片付けると、もう一度ブルブルと音が聞こえた。菜津美の枕の下で携帯が震えていた。
　僕は後ろめたさもあったが、家庭よりも仕事にウエイトを置いている菜津美に不信感もあり、音もなくただ震えるだけの携帯を開いてしまった。『武田くん』からのメールだった。「まだ来ないの？」「いまどこ？」という内容だったが、残された過去のメールで、僕は驚愕の事実と底知れぬ恐怖を知ることとなった。
武田くん『今夜はスペシャルな夜だったね』
菜津美『恥ずかしいからやめてよ』
武田くん『また行こうね♥』
菜津美『うん。大好きだよ♥』
武田くん『僕も大好き♥』
七月二十三日の日付だった……。

◆

僕は当初、彼女の携帯を覗き見た罪悪感に苛まれ、墓場まで持っていく覚悟で普通の生活をしていくと決めた。しかし次第に食欲がなくなり、睡眠も取れず、完全な病み人となっていった。一時は離婚も頭をよぎったけれど、ほのかがまだ小学生だったこともあり仮面夫婦を演じていくことを選択したのだ。

僕と菜津美はもう長い間普通の会話ができていない。話す時は「あなた、お前」なんて他人のようだし、話すことは連絡事項がほとんどだ。直接的な原因は菜津美の浮気だったけれど、僕が許せなかったのは自分の行為を棚に上げて「子どもが大事」だとか後付けの言い訳ばかりで、自分のしたことに対しての謝罪がなかったこと。ズルい人だと思うようになってからは、もう諦めしかなくなってしまった。僕は本当に菜津美のことを愛していたから何度も死を意識したし、毎日が鬱状態だったというのに、そんな僕に「あなたは弱い」とまで言ったのだ。菜津美の言うように、僕は弱いのかも知れない。だけど人の道から外れたり、そういう行為でどれだけの人を傷つけるかという想像力が欠如している菜津美に呆れてしまったのだ。かわいそうだとも思った。

水を少し口に含み白い錠剤を流し込む。抗不安薬、いわゆる精神安定剤だ。もう何ヵ月も続けている日課のようなものだ。こんな小さな薬でどんな効果があるのかそれほど自覚はないが、こんなものにでも頼っていないと人生を見失ってしまいそうなので仕方なく続けている。

　僕はどこを見るでもなく深く溜め息をついて、いつものルーティンでシャツに袖を通しネクタイを締める。鏡に映る姿を見ながら『今日もイケるか?』と自分に問いかけながら笑顔を作ってみる。もちろん、薬を服用していることは家族には内緒だが、こんなことをいつまでも続けているわけにもいかないと思ってはいる。

「あなた、遅れるわよ」

　菜津美が遠くでそう言いながら洗濯物を丁寧に干している。そんな彼女を横目に、

「行ってきます」

　と声を掛けるが、

「行ってらっしゃい」

　そう答える菜津美が笑顔で送り出してくれる姿をもう何年も見ていない。

　もしかしたら僕たちには会話が足りなかったんじゃないかと思う。お互いにちゃんと向き合って、上手くいかない理由を正面から見つめ直すことができていたら、もっと違う結果になっていたのかも知れないと思う。

　結局、どんな手段を選択したとしても、過去には戻れないのだけれど……。

第四章　ざわめきだす心

「あなた、今度の土曜日って仕事休みでしょ？　保険屋さんが来るって」

菜津美が夕飯の支度をしながら言った。

「カレンダーに書いておいたわよ」

「ああ、わかった」

【あけぼの保険、堂前、十時】と書いてある。

ついに来たか……。きっと彩加も一緒に来るんだろうと直感的に思った。もちろん何も知らない菜津美に罪はないけれど、僕が元カノと会うことをなぜお前が段取りしてんだ？　とイラッとしたのは事実。

――三年前。

僕の許にA４の封筒に入った資料が届いた。封筒の下の方には【あけぼの保険　泉川彩加】とあった。彼女は結婚をして名前が変わったことも知っていた。ただ僕は、別れた際に、今後は会わないでおこうと決めていたから無視していたのだ。仮にその保険を僕にどうしてもお勧めしたいのなら、彩加の方から連絡をしてくるはずだと思ったからだ。しかしその連絡はなかった。

この堂前さんという人がどういった人かは知らないが、恐らく一人で来ることはないだろう。とすればやはり彼女も一緒にっていうのが自然なんじゃないかな。

（二十三年振りか……）と感慨にふけってみたけれど、やはり僕としてはどんな顔をして会えばいいのか、そればかりが気になって仕方がなかった。

土曜日――。

「今日十時だからね。じゃ、行ってきます。お昼は冷蔵庫に用意してあるからチンして食べて」

菜津美は連絡事項だけ発して仕事に出掛けた。

九時を過ぎると、高校二年生になった娘のほのかが慌ただしく洗面所に出たり入ったりしていた。シャワーの音がしたと思えば今度はドライヤー。友だちと出掛けると言ってバタバタしている。

「朝からバタバタとなんだ」

「時間がないのよ、九時半に待ち合わせだから。パパ暇なら乗せてってよ」

「これからお客さんだからそれは無理だな」

「もう！　だったらゴチャゴチャ言わないで！」

コーヒーを淹れて新聞に目を通していると、ようやく準備ができたのか、制服とは違った印象のほのかが顔を出した。

「じゃパパ行ってくるね」

「ああ、気を付けてな」

彩加が来るだろう時間までに、家には僕一人になってしまった。僕にとってはその方が好都合なんだけれど。

まだ少し時間もあるし、玄関の不用な靴を下駄箱に片付け、掃き掃除をした。彩加に対してのせめてものおもてなしのつもりで。


時間ピッタリの訪問だった。

「おはようございます。堂前と申します」

手渡された名刺には堂前里美と書かれていた。

さらにもう一人、そこには泉川彩加の文字が。僕は上がり框(かまち)に座るよう促し、堂前さんと話を始めた。彩加とは目を合わせずに。新しい商品の説明があった後で、堂前さんは彩加の方を掌で指しながら唐突に話を切り出してきた。

「ところで安田さん、わかりますか?」

「もちろんわかりますよ」

驚いたのは堂前さんではなく、むしろ彩加の方だった。彩加は、僕の従兄弟の龍ちゃんもお客さんだと話してくれた。

堂前さんは、「二十年以上前のことでも覚えているんですね」と、僕と彩加を交互に見ながら言った。

僕は彩加の驚く顔を見ながら話しだす。

「僕は君のことを好きなまま別れてしまったから、結婚をした今でも、心が君のことを離してくれないんだ。だから忘れるはずはないよ」

彩加は何も答えることができなかった。僕はそれ以上話すことはしなかった。

◆

三日後、僕は保険の話も含めて、堂前さんにお礼の電話を入れた。

「先日はわざわざありがとうございました」

「いえ、こちらこそありがとうございました。私の好奇心でご迷惑じゃなかったですか？」

「迷惑だなんて、むしろ会う機会を作ってくれて感謝してるくらいですよ」

そんな挨拶を交わした後で、保険の見直しを含めて次回のアポを取った。ただ一つ、次回は彩加抜きでお願いしますとだけ伝えた。

コーヒーショップで待ち合わせをして、軽く挨拶をしてから保険のプランの説明を受けた。その場で見直しを決めて、次回契約の手順となった。

その後、堂前さんに時間をもらって彩加の話をさせてもらった。あの日、堂前さんから

「わかりますか？」と言われたことで、彼女がどこまで知っているのかを確認させてもらうと、

「今回は本社から名簿が届き、その中に安田さんの名前があったんです。それで泉川さんの方から、元カレだから照れ臭いので代わりにアポを取ってほしいと言われたんです。それだけです」

と説明してくれた。そういうことか。

「それじゃ、会いたくなかったわけでは……」

「そういうことはないと思います」

僕は、彩加が本当は会いたくなかったんじゃないかと思っていたから、ちょっと意外だなと思う半面、少しの安堵感を抱いた。

堂前さんには誤解されるのも困ると思い、僕と彩加のことを掻い摘んで話した。

高校生の時に付き合っていたこと、十六歳の彩加が自分に男の子ができたらピアノを習わせたいと言ったこと、そして彼女から突然別れを切り出されたことなどを。

「予感みたいなものはありました。でもやっぱり別れようと言われた時はショックでしたよ。電話で話すことじゃないと言って、会って話すことにしたんですけどね。七夕の日に」

「七夕の日にですか？」

「ええ、その日を選んだんです、僕が」

僕の話すことの一言一言を、時折頷きながら聞いてくれていた。

「その日僕は、家を出る前に別れることを決めていたんです。なかなか会えなかったのは事実だし、僕の時と同じように、学校で一緒にいて楽しいと思える人がいるなら、会えない僕といるよりもその方が彼女にとっては幸せなんじゃないかって思ってね」

「なんか、切ないですね……」

「僕は彼女が幸せでいてくれたらそれでいい。そう思ったから、その日から会わないことを決めたんですよ」

「私、余計なことしちゃったんですね……」

僕はそんなに恐縮しないでほしいと言ってから、

「今日は、彼女に手紙を書いてきたんです。貴女から渡していただけませんか?」

と言って、堂前さんの前に差し出した。

堂前さんは、興味本位とかではなく、僕のことをちゃんと理解した上で今後どうするのかと聞いてきた。

「結論から言えば、もう会わない。ただそれは会いたくないんじゃなくて、僕の心が彼女のことを掴んで離してくれないからなんです。僕は今でも彼女のことを愛しています。だから会うことで気持ちを持っていかれるのがわかるから会わないんです」

真剣に話す僕の目を見つめて、

「お気持ちよくわかりました。必ずお渡しします」

そう言って鞄の中に手紙をしまった。

◆

「確かこの辺だったよな……」

記憶の糸を手繰り寄せながら、細い路地に入る。どれくらい歩いただろうか。もう閉店したのかも知れないと思いながらも、諦められない自分がいる。

通りかかった人に声を掛けようかと思ったのだが、やはり自分の足で辿り着きたかった。彩加と歩いた道のりを思い出してみる。

一度広い通りに出てから、周りの建物を眺めながら記憶を掘り起こす。

「左に曲がって二つ目を左だったたと思うんだけどな」

と呟きながら、細い路地に入る。あの頃とは景色も変わってしまい、雑居ビルが立ち並ぶ街に、さらに困惑してしまう。

途方に暮れていると、遠くでカウベルの音が聞こえたように思い、そちらの方に歩を進めると、右側に見覚えのあるレンガの植え込みがあった。

「逆から入っていたのか。左側だとばっかり思っていたからなぁ」

レンガには緑色の苔が産して、角が欠けていたりしたが、店の趣きは以前と変わっていなかった。入口の上の店名表示もいい感じに年季が入っている。深呼吸をひとつしてから、ゆっくりと扉を引いた。懐かしいカウベルがカランと鳴った。

「いらっしゃいませ」

ピアノジャズが流れ、少し暗めの照明がいい雰囲気を出している。彩加と来た時には明るい雰囲気だったのに、違う店にいるようにさえ感じた。

「マスター、お久しぶりです」

「えーと、以前にお会いしましたかね？」

どうだろう。もう七十歳は超えているだろうか。頭髪のボリュームも減り、短めの髭にも白いものが交じっている。

「そうですね、もう二十年以上前の話です」

「そんなにですか。それはお久しぶりです」

あの当時はちょっと高いと感じたスツールも、今はちょうどいい。僕は、

「バランタインの十七年をロックで」

とお願いすると、

「かしこまりました」

と言って後ろの棚に並ぶボトルの中から、その緑色のボトルを取り出した。

グラスに氷を二つ。マドラーでグラスを冷やすと、慣れた手つきでジガーカップに二杯計量しグラスに流し込む。再びマドラーで馴染ませてから、僕の前にコースターとグラスを置いた。

マスターが、使ったマドラーとジガーカップをさっと洗って、手が空くのを待ってから、僕はジャケットの内ポケットから写真を取り出し、マスターに向けて差し出した。

「よろしいんですか？」

と言って両手で写真を受け取った後、かけていた眼鏡を額にのせて、じっと写真に目を落とした。

「あー、あの時の。マスターは、写真と僕を代わる代わる見て、

「あー、あの時の。彩加さんと一緒に来られた方ですね」

僕はゆっくりと頷き、

「ご無沙汰しておりました。美味しいコーヒーをご馳走になりましたのに、今日までご挨拶に来ることもできず、申しわけありませんでした」

と頭を下げた。

「いえいえ、とんでもございません。こうして来ていただけただけで十分です」

グラスの中の琥珀色のウイスキーを見つめながら、ぼんやりと彩加のことを考えていると、カウンターの中の椅子に腰掛けてマスターが口を開いた。

「どれくらいになりますかね。彩加さんのお兄さんが家業を継ぎまして、お父さんと二人で切り盛りしていたんですが、お兄さんが不慮の事故でお亡くなりになりまして……」

「事故……ですか……」

「ええ。何でも学生時代からのお友だちと飲みに出掛けて、帰りに階段から転落したそうです。打ち所が悪かったんですかねえ。そのあと、そのお友だちがお店を手伝うようになって、塞いでいた彩加さんとお父さんの支えになっていたようです」

「彩加さんはその後どうされたんですか?」

「そのお兄さんのお友だちと結婚されて、男の子が一人おられると伺っております」

「そうですか……」

そう言ってしばらく間をおいてから、

「同じものをもう一杯いただけますか」

とグラスを上げた。

二杯目が残り僅かになった頃に、

「彩加さんは幸せなんでしょうか?」

と問いかけてみると、

「どうでしょう。幸せの尺度は人それぞれですから。ただ、現在は保険の仕事をされていると聞きました」

「幸せでいてくれるといいんですけどねぇ……」

そう言ってグラスの中身を飲み干した。

「マスターに辛い話をさせてしまいましたね。申しわけありませんでした」

「お気になさらずに。私にも息子がおりましてね、近々神戸からこちらに戻ってくると言いだしまして、ここで二人で店を続けていこうと思っております。また是非いらしてください」

と、笑みを浮かべて話してくれた。

お勘定を済ませ、席を立とうとした時、

「大事なものを」

と、彩加の写真を丁寧に両手で僕に返してくれた。続けてマスターは、僕に声を掛けてきた。

「そう言えば……。失礼ですが、お名前を頂戴してもよろしいですか？」

僕は一、二歩進んだあと扉の前で歩みを止め、マスターの方に向き直ったあとで、

「ルーク・スカイウォーカーです」

と答えると、かすかに笑みを浮かべたマスターが、

「ありがとうございます。行ってらっしゃいませ」

と言って、深々と頭を下げてくれた。

◆

彩加の口から龍一の名前が出てくるとは意外だなと思っていた。お兄さんと仲が良かったとは聞いていたが、とりあえず知り合いには一通り声を掛けるのが保険屋の性。そうやって顧客を増やしていったんだろうと簡単に想像できた。

携帯の電話帳をスクロールして、従兄弟の龍一の番号を探す。番号変わってないといいけどと思いながら、安田龍一の名前を見付けて発信ボタンを押した。

「龍ちゃん、久しぶり。この間は親父のことありがとう。叔父さん喜んでくれたかな」

「サトルか！　いやいや、こっちこそ。親父もずいぶんとご無沙汰だったから喜んでたよ。どうしたんだ急に」

「あ、あぁ。電話じゃなんだから、これからちょっと会えないかな？」

「いいけど……」

僕は龍一が指定した場所に向かって車を走らせた。夜の国道はそれほど車も多くなく、待ち合わせの時間よりもずいぶん早く着いてしまった。

カルメンという喫茶店のドアを開けて、少し奥まったテーブル席に座る。そんなに大きな店ではないが、アルバイトらしき女の子がいるのが見えた。

「いらっしゃいませ」

マスターが水を運んできて、メニューをテーブルに置いたところで、

「後で連れが来るので」

そう言って注文を後にしてもらった。ポケットから煙草を取り出し、口に咥えたところで龍一が入ってきた。龍一はこの店の馴染みなのか、マスターに「ホットを！」と告げて僕の方を見て、

「二つで！」

と言い直した。

「サトルと会うのなんていつぶりだろうな」

席に座るなり言葉を投げてくる。この感じは、子どもの頃からあまり変わっていないなとちょっとおかしくなった。

「そうだね。高校の時は学校でちょくちょく見かけていたけどね。カズさんやテルさんといつもつるんでいたし」

「そうだな。アイツらは本当の友だちだったからな」

「だった？」

「なんだ、知らないのか。カズ死んだんだ」

あまりにも簡単に友だちの死を語る龍一に驚いて、指先の煙草の灰をテーブルに落としてしまった。

「カズはさ、親父さんと二人で商売をやってたんだけど、親父さんがもう大変でさ。憔悴するってのはこんなのを言うんだろうなってくらい憔悴しきっちゃって。しばらく俺とテルが手伝っていたくらいだから」

Ｒｏｏｋのマスターの言っていた通りだと思いながら相槌を打った。

「そうだったんだ」

「で、お前の話って？」

「あ、いや、先日ウチに保険屋さんが来てな、龍ちゃんもお客さんだって言ってたからさぁ」

「あー、彩加ちゃんだろ？　カズの妹だよ」

やっぱりそうだ。完全に繋がった。彩加からは四つ上に兄がいると聞いていたけれど、家で見たことはなかった。

「その彩加だけど、俺の元カノなんだ」

龍ちゃんは、口に入れたコーヒーを吐き出しそうなほどに驚いていた。カップを手元に下ろしてから僕の方をじっと見て、

「でも今、家に来たって……」

「うん。俺さ彩加のこと好きなまま別れちゃったから、まともに話できなくてさ。おどけた時にできる額のシワとか、笑った時にちょっと下がる目尻とか、あの頃とちっとも変わ

ってなくて……。綺麗だったよ。でも、なんだか心がざわついちゃって、だからもう会わないでおこうって手紙に書いて渡したんだ」

龍ちゃんはずっと下を向いたまま、世間って狭いなと呟いた。

僕はパズルを完成させるための最後のピースを手に取った。

「龍ちゃん、テルさんの名字って？」

「泉川だけど……」

◆

少し遅い朝食を摂り新聞に目を通していると、二階で何やらガサガサと物音がする。菜津美に、

「あいつは何やってんだ？」

と聞くと、

「ほのかの彼氏が来てるのよ」

「カレシィ？　そんなヤツいるのか！　どんなヤツだ！　歳はいくつだ！」

「ちょっと、いい加減にしてよ！　ほのかももう十八歳なんだから、彼氏がいても不思議じゃないでしょ。あなたにもあったでしょ、そんな時期が」

確かにあった、そんな時期が。十八歳の彩加の姿を見ることはなかったけれど……。

僕に娘が生まれた時から、いつかこんな日が来ることはわかっていたが、それでもやはり僕は少し寂しさを覚える。とにかく娘が欲しくて、女の子の名前しか考えていなかった。

女の子が生まれたら、ほのかという名前にしようと、菜津美のお腹が大きくなった頃に話したことがある。

「いつからなんだ？　その彼とは」

「知らないわ。でも家に来るのは三回目だったかしら」

「俺の知らないところで……。いい気なもんだ」

「拗ねてるの？」

「そんなんじゃない！」

自分の家なのにどこか居心地が悪い気がして、携帯を手に取り立ち上がった。

「散歩にでも行ってくるわ」

「いつも逃げてばっかり……」

「ん？　何か言ったか？」

「いえ、何も。行ってらっしゃい」

小さな声だったけれど、僕の耳にはちゃんと届いている。

散歩といっても行くところは決まっている。いつもの公園だ。あの時と同じベンチに腰を下ろし足元を見つめる。所々ペンキの剝げたコンクリートのベンチは、表面が長年の風雨にさらされザラザラになり、場所によってはヒビ割れ、鉄筋が剝き出しになっているところもあった。

娘に彼氏がいると知っただけで、これほど狼狽するとは思わなかった。まだ子どもだと思っていたけれど、もう恋をする歳になったのかと、どんよりと曇った空を眺めながら思う。

ほのかは幼い頃に喘息を患い、小さい時は体が弱かった。それが今じゃ生意気な小娘になり、うるさいだの、ウザいだのと文句ばかり。だんだんと菜津美に似てきたなとひとつ鼻を鳴らした。

遠くで遊んでいる女の子が「パパー！」と父親を呼ぶ姿を見ていて、ほのかの小さい時に思いを馳せる。「歳をとったな」と溜め息をついた。

そんな光景をぼんやりと眺めていると、ポケットの中で携帯がブルブルと震えだした。菜津美からだった。

「どうした？」

「ねえ、どこにいるの？」

「氷川公園だけど」

「彼が挨拶したいって、あなたの帰りを待ってるの。帰って来れる？」

「ああ、わかったよ」

挨拶って言ったって、結婚するわけじゃないんだし大袈裟だなと思ったけれど、今どきの若い人にしてはできたヤツだと少しだけ感心した。

家に戻ると、リビングのテーブルで三人が楽しそうに話をしていた。

「おかえりなさい。お茶でいい？」

「ああ」

そう言って椅子に座ると、彼が口を開いた。

「はじめまして。僕は雅也といいます。三ヵ月ほど前から、ほのかさんとお付き合いをしています。よろしくお願いします」

「私は父のサトルです。カタカナで書くんだ」

「えっ、カタカナですか！　珍しいですね」

初対面できちんと挨拶ができるなんて、親御さんの教育が行き届いているんだなと思い、自分の方が不安になってきた。

「まあな、付き合いのことをとやかく言うつもりはない。間違いを起こしてもらっちゃ困るけど、ほのかのことを大切に想ってくれるなら俺はそれでいい」

「ありがとうございます」

「俺にも雅也くんのような時代があったから、君の気持ちもよくわかるしな。ただ俺は今の君みたいにちゃんと挨拶なんてできなかったな」

後ろの菜津美が何か言いたげにしていたけれど、それを遮って続けた。

「あのな、今のこの時間もすぐに過去になっていくだろ？　だから、時間を無駄に生きてほしくない。これは雅也くんだけじゃなくて、ほのかもだぞ！　後悔なんてもんは、俺たちの歳になればいくらでもできるんだ。お前たちは今を生きなさい。俺から言えるのはそれだけだ」

「パパ、ありがとう」

ほのかが目に薄っすらと涙を溜めていた。


「ねえ？　どうして挨拶させてほしいなんて言ったの？　なんか今日は別人みたい」

リビングでほのかたちが話している声が壁越しに微かに聞こえてくる。人の話を盗み聞くような下品なことはしたくない。僕はリモコンの赤いボタンを押してテレビを点けた。

テレビの中では芸能人が、どこの旅館が素晴らしいとか料理が美味しいとか言って、はしゃいでいる。お決まりの旅番組だ。

日曜の午前中なんて、どこの局もこんなワイドショー的な番組しか放送していないし、時間が無駄に過ぎていくだけだ。

　ほのかがまだ小さい頃はそれこそ毎週のように家族で出掛けていたのに、最近は菜津美と二人で出掛けることも、ほとんどなくなった。どこの家庭も同じようなものだろうけど、やっぱり夫婦の人生としてはどこか物足りなさを感じる。雅也くんのところもそうなのだろうかと、ぼんやりと考えていた。

　玄関を出て、壁に寄せて停めてある自転車に目を遣る。俺たちの時代もそうだったが、今の若者もママチャリなのかと思いながら、煙草を一口深く吸い込んだ。

　箒（ほうき）と塵取（ちりと）りを手に、二段ある階段を掃いて砂埃を落とす。雅也くんの自転車を移動させて、そこも掃く。塵取りに集めた砂たちを取り除き、自転車を元の位置に戻そうとした時、泥除けの下の方に見覚えのある文字が飛び込んできた。

『前田酒店』

　どういうことだ……。

◆

「もしもし、安田さんですか？」

　携帯からの着信だったが、どこの誰かもわからぬまま応答した。

「あけぼのの保険の堂前です。いつもお世話になっております」

「どうも、お久しぶりです。どうされました？」

保険の更新時期でもなく、しかも声のトーンがどうにもいつもとは違う。

「ちょっとお話ししたいことがありお電話させていただいたのですが、お電話ではちょっと……」

「どういうことでしょう。時間は取れますけど、どこかでお会いしてということですか？」

「できれば」

何かイヤな感じがした。とりあえず場所と時間を決めて二日後に会う約束をした。それでもモヤモヤした気持ちが僕の中を駆け巡って、二日間という時間の流れが途轍もなく遅く感じた。


待ち合わせの場所に着くと、すでに堂前さんはテーブル席で何かの資料を眺めていた。

「すみません、お待たせしてしまって」

恐縮して言うと、彼女はテーブルの上に広げられていた資料を鞄の中にしまって、

「お忙しいところお呼び立てして申しわけありません。お時間は大丈夫ですか？」

「はい、大丈夫ですよ。何かあれば連絡あるでしょうから」

僕はコーヒーを頼み、堂前さんは二杯目をお願いして話しだした。

「安田さん、あれから彩加さんと連絡は？」

「いえ何も」

「そうですか……」

心臓の鼓動がどんどん速くなっていくのを感じながらも、なるべくそんな素振りを見せないように、僕は言った。

「彩加がどうかしたんですか？」

「……」

「堂前……さん？」

堂前さんは、ひとつ溜め息をついてゆっくりと視線を上げてから、意を決したように話しだした。

「実は……。会社の健康診断で再検査の通知が来て、一ヵ月ほど経過してから再検査したんですが、大腸にガンが見つかったそうです」

「それで？　彩加の病状は？」

「あまり芳しくないようです。ステージⅢで肝臓に転移も認められるということでした」

寒気がした。動揺しているのを悟られないように一つ一つ言葉を選びながら、彩加の様子を聞いた。

「僕にできることはありますか？」

「逆に安田さんがしてあげたいと思うことはないですか？」

そう言われたけれど、僕の中には彩加との思い出が駆け巡るだけで、僕にできることがすぐに浮かぶことはなかった。

「堂前さん、彩加は自分の病状を知っているんですよね？」

「そうですね。私たちはこういう職種ですから」

「ならば、僕が彼女にしてあげられることは何もないと思います。僕が面会に行けば、彼女が思っている以上に病気の進行が早いことを悟られてしまう。これから彼女が病気と闘っていくことを考えると、それは得策ではないと思います」

「でも……」

「それでいいんです。僕はもう会わないと手紙にも書いたんですから」

堂前さんは何度もそれでいいのかと迫ってきたけれど、「元気になって戻ってくれればまた会うことだってできるでしょう」と言い、これから堂前さんと連絡を取りながら彩加のことを見守っていくと伝えた。

彩加にしてあげたいことはたくさんある。話したいことも。でも、それをしてしまえば彩加はきっと自分の命の期限が近いことを知ってしまう。僕は家族ではないから、それはできない。何より、彼女の姿を見てしまえば僕は平静でいられるはずもないし、きっと泣いてしまうだろう。

店を出てどんよりと曇った空を見上げながら、菜津美とのことで〝死んでしまいたい〟

と思った自分を恥じた。そして彩加に対して「僕は強くなるよ」と誓った。きっと彼女は
〝生きたい〟と思っているはずだ。僕は無意識に、「彩加、がんばれよ」と心の中で叫んで
いた。
　僕は仕事の合間に堂前さんと連絡を取ることが多くなった。話の内容は彩加の容体につ
いてがほとんどだけれど、最近は堂前さんのプライベートの話もするようになった。僕に
はそんなふうに見えなかったのだが、彼女は離婚経験があり子ども二人を連れて再婚をし
たのだそうだ。離婚の原因はわからないけれど、チャンスがあったら聞いてみたいと思っ
ている。

「どうですか？　彩加の様子は」

「そうですね、大腸の方は抗がん剤と放射線治療で病巣は少しずつ小さくはなっているよ
うですが、転移のこともありますから……」

　僕は彩加の顔を見ていないから、どんな状態なのかは想像するしかない。彩加のこと
だ。きっと持ち前の明るさと元気で、乗り越えてくれると信じている。

「貴女にお願いがあります」

「はい。私でお役に立てることなら何でも」

　僕は会わないと決めた以上、彩加を勇気づける言葉を堂前さんに託すことにした。

「僕は以前、貴女に、彩加と別れた理由とか今の僕の想いとかを話しましたよね。少しずつで結構ですから彩加に伝えてくださいませんか？」

「それは構いませんけど。やっぱり安田さんの方から直接話された方が良いんじゃないですか？」

「僕には、貴女に話していないこともたくさんあります。そこには彩加に会えない理由も含まれているので、一度貴女には話しておかなければと思っています」

僕は菜津美との不仲についても堂前さんに話しておこうと考えていた。

「僕は十年ほど前からカミさんとは不仲が続いています。原因は彼女の浮気でした。物凄くショックで、毎日家に帰りたくなくて、河川敷でボーッと川の流れを何時間も眺めていたり、あの木だったらぶら下がっても大丈夫そうだなとか、そんなふうに毎日死ぬことばっかり考えていました」

「離婚は考えなかったのですか？」

「もちろん考えましたよ。でも子どもが小さかったので」

「そうだったのですね」

「僕たちは余りにも長い間、ぎこちない時の流れを共有してしまったから、もう元に戻ることは不可能です。きっと現状がこんなだから彩加への想いも余計に強いのだと思うんです。もしも人生が二度あるとしたら、今度は何があっても彩加を手放したりはしない」

堂前さんは俯いたまま僕の話を聞いて、少し間をおいてから呟くように言った。

「彩加さんにそう言ってあげたらどうですか？」

翌日、デスクで書類に目を通していると、携帯がブルブルと震えだした。ほのかからの着信だった。

「パパ、お仕事中にごめんね。雅也のお母さんが入院したんだけど、お見舞い行った方がいいかな？」

ほのかが心配そうな声で聞いてきた。

「別にお前が行く必要はないよ。お母さん、どこか悪いのか？」

「雅也は大したことないって言ってたけど」

「それじゃなおさらだな。雅也くんが一緒に来てくれって言うなら別だけどな。病気なのかケガなのかもわかんないんだし、お前が行くことで雅也くんのお母さんも却って気を遣うんじゃないのか？」

納得したような声で、そうだねと言って、ほのかは電話を切った。

ほのかの話を聞いて、あの自転車のことを思い出した。どうしてあの時、雅也くんは彩加の実家の自転車になんか乗ってたんだろう。お兄さんに子どもはいたのか？

そう言えば、Ｒｏｏｋのマスターは彩加には男の子がいるって言ってたな。お母さんが入院って、まさか！

　あの日、あいつは自分のことを「雅也です」と言った。普通なら「前田雅也です」と言うんじゃないのか？　もしも、彼が彩加の子どもだとしたら「泉川雅也です」と。でも言わなかった。いや、言えなかったのだろう。言えば自分が彩加の息子であることを僕に知られる。だから敢えて「雅也です」とだけ言った。それなら辻褄が合う。だとすると、あいつは僕と彩加がその昔に恋仲だったことを知っているんじゃないのか？

　僕は雅也くんに会って話すべきだと思った。彼にそんな運命じみたことを背負わせるわけにはいかない。でもどうやって彼に会おうか……。

　僕は堂前さんに連絡を入れた。

「おはようございます。ちょっとお訊ねしたいことがあります。彩加の息子さんのことなんですが、雅也くんとおっしゃるのではありませんか？」

「はい、そうです。見た目はヤンチャですけど、しっかりした息子さんです」

　何とかして彼と会う機会を作るために、単刀直入に聞いた。

「やはりそうでしたか……。彼は病院には来ますか？」

「はい、毎日のように面会に来ていると聞いています。それが何か？」

「貴女に話しておきたいことがあります。急で申しわけないのですが、今からお会いすることは可能ですか？」

「今は無理ですが、十四時以降なら大丈夫です」

僕はいつものお店で待っていますと伝えて仕事に戻った。


約束の時間の少し前に、彼女は現れた。

「こんにちは。話したいことって何でしょう?」

席に着くなり本題に入ろうとする彼女に、

「申しわけありません。お急ぎでしたか?」

と恐縮して言うと、

「ごめんなさい、そういうわけではありません。むしろ安田さんの方がお急ぎなのかと」

そう言って微笑んでいたが、目は真っ直ぐ僕の方を見つめていた。これからお話しすることを貴女がご存じなのかどうかはわかりませんがと前置きして、

「雅也くんは娘のほのかとお付き合いをしています」

と伝えた。堂前さんは口を手で覆い、明らかに絶句していた。

「以前、家に来た時に彼は自分のことを『雅也と言います』と言ったんです。その日は前田酒店と書かれた自転車に乗っていました。ならなぜ、前田雅也と言わなかったのか。私は言わなかったのではなく、言えなかったのではないかと思ったのです。だとするなら、雅也くんは僕と彩加が恋仲だったことを知っているのではないかと……」

「彼は、泉川と名乗れば安田さんに知られると思ったと考えるのが自然ですね。それで安田さんはこれからどうなさるおつもりですか？」

「彼がどうしたいのかを聞いてみたいと思っています。何の因果でこんなことになったのかはわかりませんが、若い彼らに運命を背負わせるわけにはいかない。運命は自分の手で変えられるのだから」

堂前さんは僕の気持ちを汲んでくれた。そして雅也くんと会う機会を作ると言ってくれた。正直なところ、僕も雅也くんと話してどうなるかなんてわからない。ただ、もしもこの事実がほのかの耳に入った時のことを思うと辛い……。


週末は僕の仕事も何かと忙しいのだけれど、急用というのは得てしてこんな時にやってくる。ちょうど得意先への訪問を終えて移動中に携帯が鳴った。僕はコンビニの駐車場に車を停めて、携帯の画面を見る。堂前さんからだった。

「安田です、こんにちは」

「安田さん、今すぐ病院に来ることはできますか？　雅也くんが来ています。私が引き留めておきますから」

僕は、すぐに向かうと言って、着いたら連絡しますと伝えた。

病院へ向かう間も、雅也くんのことや彩加のこと、もちろんほのかのことも頭に浮かんでは消えを繰り返して、僕の思考も混乱しているのがわかる。

病院に着くと堂前さんには屋上で待っているとメールで伝えて、自販機で缶コーヒーを二本買いポケットに忍ばせた。

屋上のベンチに腰掛け、眼下に見える街の営みを眺めていると、こうしている間にもたくさんの命が誕生し、そしてまたいくつもの命が失われていく現実が、人生そのものなんだと感じられた。

「こんにちは」

聞き覚えのある声に身をよじって振り向くと、一番上のボタンを外した制服姿の雅也くんが立っていた。「ほらよ」と言って持っていた缶コーヒーを放り投げると、彼は慌てて両手で受け取った。

僕が隣に座るように促すと、ゆっくりと近づき「失礼します」と言って、中途半端な距離を置いて腰を下ろした。

「なあ雅也くん、君は最初から俺のことを知っていたんだよな」

手の中の缶コーヒーを見つめたまま、小さな声を絞り出すように、

「あの時、家にお邪魔する少し前に母から聞きました」

「じゃ、お母さんはほのかが俺の娘だということを知っていたのか」

「そうだと思います。なぜそのことを話したのかはわかりませんが、母はその時点で自分

の身体のことを知っていたんじゃないかと思います」

彩加の想いがそうさせたのかも知れないけれど、それは若い彼には重すぎる。僕が次の言葉を探していると、彼は俯きがちに淡々と話しだす。

「どんな過去があろうと、僕と母は違う人間です。僕は一人の人としてほのかさんのことを好きになったし、それがたまたまこんな縁で繋がっただけだと思っています。優しい母の中に、父よりも大切に想い続けている人がいることはショックでした。でも、ほのかさんのことを好きになっていくうちに母の気持ちが少しずつ理解できるようになってきました」

「君は大人だな。ほのかのことを大切に思ってくれることは親としては嬉しいよ。だけど俺はな、君が俺と彩加さんの過去に囚われて、不自由な恋愛をすることになるんじゃないかと思ったんだよ。人生ってヤツは一度しかないだろ？　誰かのためにじゃなくて、自分の心の赴くままに生きた方がいいんだよ」

「それじゃあなたは心のままに生きているんですか？　違うんじゃないですか？　どうして病気と闘っている母に会おうとしないんですか？　奥さんのためですか？　それともほのかさんのためですか？」

矢継ぎ早にそう言う彼に、僕は言葉をのみ込んでしまった。僕だって本当は彩加に会いたい。自分の想いを彩加にぶつけてしまいたい。でもそれは結果的に多くの犠牲を強いることになる。大人って生きにくい生き物だと思った。

「そうだな、君の言うとおりだよ。こんなことを君に言っていいのかわからないけれど、俺は十八歳の夏からずっと、今でも君のお母さんのことが大好きだよ。どうして別れてしまったのかと後悔ばっかりだ。でも、その結果ほのかも君もここにいる。俺と彩加は結ばれることのない縁で繋がっていたんだよ」

こんなことを言うつもりはなかった。ただ雅也くんから話を聞くだけのつもりだったのに。彼に一方的に押し切られてしまった。

「お父さん、僕からお願いがあります。母に会ってください。意識がある間に気持ちを伝えてください。母にはもう時間がないんです」

僕は顔を上げて、じっと彼の方を見て言った。

「時間がないってどういうことだ。そんなに悪いのか？」

「最初の診断の時に年単位ではないと言われました」

僕は頭を抱えて項垂れることしかできなかった。顔を手で覆ったままで、少し声を荒らげるように言った。

「病巣は大腸で、肝臓に転移があるって聞いたぞ」

「それは間違ってはいません。ただ大腸ガンはステージⅣ、転移は全身です……」

返す言葉がなかった。

彼は下を向いたまま空になったコーヒーの缶を握り潰していた。僕は遠くの景色をぼんやりと見つめながら口を開いた。

「雅也くん、俺は彩加に会うよ。ただ、その前に頼みがある」

彼はじっと僕を見つめながら頷いた。

「彩加と二人きりにしてくれないか？　それから、俺と彩加のことはほのかには内緒にしてほしい。できるか？」

「わかりました。面会のできる時が来たら連絡しますので連絡先を教えてください。その時は僕が父を連れ出しますから」

僕は携帯の番号が書かれた名刺を手渡して、

「ここに連絡してくれ。基本いつでも大丈夫だから。あと困ったことがあったらいつでも電話してこい」

そう言って雅也くんの肩を叩いた。

第五章　愛は儚きもの

どんな職種も同じだろうけれど、月曜日の朝というのは何かとバタバタしていて息つく暇もない。体が休日モードから抜けきれず、頭の回転も遅くて処理能力の鈍さを露呈する。こんな状態の時にクレーム等が発生すると大変だ。完璧な対応には程遠く、却って大事になることもあるからより慎重な対応を迫られる。

幸いにも今日は静かな朝を迎えて、女子社員の淹れてくれたお茶を啜りながらデスクで溜まった書類に目を通していると、不気味に内線電話が鳴った。

「石油部です。おはようございます。少々お待ちください」

型通りの受け答えをして、一番若い女性が僕に電話を転送してくる。

「副部長、錦織さまからお電話です」

錦織と言われてもピンとこなくて、

「おはようございます。お電話代わりました、安田と申します」

そう言って受話器を握り直すと、やたらと大きな声で、

「おー、サトルか！　俺だ俺！」

聞き覚えのありすぎる懐かしい声に僕のテンションも上がり、

「おー、悟か。どうした朝っぱらから」

「今日な、非番なんだわ。久しぶりにどこかで会えないかと思ってさ。どうせ会社に缶詰めなんてことないいんだろ？」

月曜日の朝の気分転換には最高の相手だと思って、

「そうだな、いつでも大丈夫だぞ。まさか朝っぱらからドーナツじゃないだろうな？」

そう言うと、電話の向こう側で大笑いする悟の声が受話器から漏れ聞こえてきた。


悟と約束した場所に向かって車を走らせていると、堂前さんから着信があった。脇道に入って折り返し電話を掛けると、彩加の近況報告の知らせだった。

「先日彩加さんのところへ行って様子を見てきました。以前お話ししていたことも少しだけですけど話してきました」

「そうですか、ありがとうございます。雅也くんと話して、僕も一度だけ彩加に会うことにしました」

僕は雅也くんから真実を聞いてしまったけれど、堂前さんは知らないのだろうと思って多くは話さなかった。

「そうですか。きっと彩加さん喜びますよ。いつ行かれるんですか？」

「雅也くんからの連絡待ちです」

「またお話聞かせてくださいね。ではまた」

僕が彩加と会うと決めたことについては何も聞いてこなかったなと思いながら、これまで幾度となく協力してくれた堂前さんにちゃんとお礼を言わないといけないなと思った。

悟が待ち合わせに選んだのはファミリーレストランのチェーン店だった。さすがにこれは予想外で、朝から四十歳を超えたおじさん二人が、ファミレスのテーブルを挟んで向き合って座る光景など、想像しただけで暑苦しい。

僕はコーヒーを頼み、悟は朝からテーブルが埋まるほどの食べ物を注文した。

「おい、それ全部食べるのか？」

「ああ、そうだよ。警察の仕事は体力勝負だからな」

僕はファミレスでこれだけの食べ物が並んだ様を見たことがない。

「悟、お前ちゃんとメシ食ってるのか？　英子はお前が研修してる間に料理教室に通ってたんじゃなかったっけ？」

「ああ、英子の作るメシは本当に美味いよ。今度お前も来いよ。英子も喜ぶし、久しぶりにひとみも呼んであの頃のように四人で集まるのもいいんじゃないか？」

「そうだな」

生返事しかできなかった。彩加のことがあるから仕方がないのだけれど、英子やひとみが僕の顔を見れば、きっと彩加のことも話題に上がるのだろうと思うとあまり乗り気にはなれなかった。

「警察の仕事ってよくわからないけど、英子はちゃんと警察官の奥さんできてんのか？」

「最初の頃は勤務地があちこち変わって大変だったよ。でも子どもが生まれてからは非番の日が楽しみに変わったからな。子どもたちのことはどうしても任せっきりになっちゃって、英子も相当ストレス溜めてたと思うな。ほら、ウチは双子だろ？　いっぺんに二人だから。しかも男二人」

そうだった。双子だってわかった時の悟は、宝くじにでも当たったかのように飛び上がって喜んでいたのを覚えている。

「それで、英子はどうなんだ？　元気にしてるか？」

「そうだな、子どもたちに負けず劣らずずって感じかな。俺さ、サトルには本当に感謝してるんだぜ。あの時、英子からあんなふうに言われなかったら、俺はあのまま卒業していたと思うしな」

悟が食べ終わるのを待ってから、僕よりも英子の方が悟のことをちゃんと見ていたことや、何度も英子と電話で話したことを悟に言った。僕はどちらかと言えば英子の味方だったけれど、悟も英子の気持ちに薄々は気付いていたのではないかと思っていた。

「でも良かったよ。お前たちがちゃんとお互いのことを大事に思ってくれて」

「お前はどうなんだよ。あれから彩加ちゃんとは会ってないのか？」

とうとうそっちに来たか、そう思った。僕は彩加と付き合う時も悟に背中を押してもらったし、悟にだけは隠し切れないと思った。本当のことを話すべきだと。

「あのな悟。ちゃんと聞いてほしいんだ」

「どうしたんだよ、改まって」

さっきまでの悟とは人が変わったように真剣な眼差しで僕のことを見ていた。

「彩加、ガンと闘ってる。末期なんだ」

「本当……なのか？」

「こんなこと冗談で言えるかよ。もう入院して半年近くなるんだ。医者からは年単位の生存はないだろうって言われたそうだ。俺、彩加に会って、ちゃんと自分の気持ちを伝えてこようと思ってる」

悟は言葉を失って、ただ僕のことを見ているだけだった。

「なんだって！」

「それだけじゃないんだ。彩加には息子がいるんだけど、そいつの彼女がほのかなんだ」

「俺も驚いたよ。何の因果でそうなったかはわからない。でも理由もなくダメだとは言えないし、成り行きに任せるしかないだろ？　俺にはどうすることもできないよ」

悟の表情を見れば、心の中まで読める。両手で頭を抱えて、テーブルの上の空になった白い皿をただ見つめていた。

長い沈黙の後、絞り出すような声で、

「なあサトル。俺は一年生だった彩加ちゃんしか知らないけどさ、笑顔の彩加ちゃんも、落ち込んでる彩加ちゃんも、泣いてる彩加ちゃんも見てきたんだ。もしもの時は必ず報せてくれよ」

高校時代なんて遠い昔のことだけど、偶然が重なったことで知り合えた事実。

あの日、クラブ説明会に悟が誘ってくれなかったら、「いい声だったね」という彩加の声を聞くことはなかった。彼女が野球部のマネージャーなんて言いださなければ、僕が声を発することもなかっただろう。生徒会から依頼がなければカメラを持ち出すこともなかったし、彩加に渡す写真すらなかったのだから。

僕は悟が作ってくれた偶然に感謝しかない。

「わかった、必ず。悟、ありがとうな」

◆

週末からの『全店タイヤ特売キャンペーン』に備えて、チラシの配布や販売目標の設定などで朝から部内はバタバタしていた。今回のキャンペーンは、部下が発案からタイヤメーカーへの打診、特価依頼など、計画のすべてを取り仕切った初めてのビッグ企画だ。石油部のスタッフ全員で彼をバックアップしてきた。このイベントが成功すれば、石油部にとっても大きな実績になるし、彼にとっては途轍もなく大きな自信になる。是非とも成功させたい。

僕が新聞の折り込みチラシの最終確認で、広告代理店の担当者と話をしていると、部下が慌てた様子でやって来た。

「副部長、ちょっといいですか？」

僕は担当者に断りを入れてから立ち上がり、部下の肩を抱いて言った。

「どうした、そんなに慌てて」

「すみません、発注のミスでこのサイズのタイヤが十五セット不足しています」

「わかった。あとは俺が何とかするから仕事に戻れ」

そう言うと、「申しわけありません」と頭を下げて去っていった。

広告代理店の担当者は心配そうに、

「タイヤ六十本ってどうにかなるんですか？」

「今回は彼にとって大きな自信をつけさせる大事な仕事です。あんなふうにでも言わないとヤル気がなくなってしまうでしょ。あと二日で六十本はかなりヤバいですけどね」

そう言い終わると、今度はテーブルに置いた携帯が鳴った。雅也くんからだった。

「はい、安田です」

「お仕事中にすみません。明日か日曜日の二時からなら何とか面会できそうなんですが」

明日はタイヤの手配で大変なことになるだろう。かと言って日曜日の午後はイベントも大詰め、どちらも厳しい。

「わかった。明日の二時で何とかするよ。またそっちに向かう前に連絡するから」

それだけ言って電話を切った。

「安田さんって、大忙しじゃないですか？　どんな仕事かわかりませんが、明日の二時ってスケジュール被らないんですか？」

「人気者はこれだから困りますよ」

僕と担当者は二人で顔を見合わせて笑った。

◆

コン、コン、コンッ。

僕は三度扉をノックして右手でその重い扉を引いた。持ってきた一本だけの真っ赤なバラをサイドテーブルにあるグラスに挿した。

白い天井に白い壁、大きな窓が二つあり、そのひとつにはカーテンが引かれている。元々は二人部屋として使われていたものが、今は彩加のためだけに開放され、その無機質な余りある空間が余計に寂しさとか孤独感を増長させているような気がする。

壁に頭を向けて置かれたベッドの上に、一人穏やかに眠っている彩加の姿があった。ベッドサイドのモニターは規則的な波形を刻み、彩加の心音に合わせるかのように電子音が鳴っている。

彩加の身体に掛けられた薄い布団の裾からは、何本ものコードがぶら下がり、顔には酸素吸入器が付けられ、いかにも病人であるといった具合に飾り付けられていた。

僕は左手をそっと彩加の右手の下に滑り込ませ、そして優しく両手で包んだ。

「彩加、僕だよ」

あの頃は、そう言うと必ず僕に抱きついてきたのに、今はそうすることはない……。

身動き一つしない彩加に、

「僕はあの頃と変わらず、今でも君のことを愛しているよ。もしも人生が二度あるなら、僕は何があっても絶対に彩加の手を離したりはしない。今度はきっと上手くやれるよね」

と優しく語りかけた。彩加のそばにいるだけで、こんなにも心が穏やかで優しい気持ちになれる。

「今日は君に会えて良かった。彩加のこと大切にできなくてごめんな」

そう言って椅子から立ち上がり、彩加の額にキスをした。僕の目からは涙が一粒零(こぼ)れ落ち、彩加の頰を伝って落ちた。

「じゃ、行くね。出会ってくれてありがとう」

ゆっくりと彩加の元を離れ、扉に手を掛けたところでもう一度振り返ると、彩加の目尻から一筋の涙が耳の中に吸い込まれていくのが見えた……。

◆

「おはようございます」

若い社員に声を掛けられ、慌てておはようと返す。

「どうしたんですか？　最近、副部長ぼ～っとしてることが多いようですが」

「あ、うん。すまんな、気を遣わせてしまって。ちょっと友人に相談事を頼まれてな」

「そうでしたか。深刻なことになっているのかと思って、ちょっと心配になりました」

部下にまで心配されるほど病んでいるように見えたのかとちょっと反省した。

「そんなんじゃないんだ。ありがとう」

できるだけ明るい表情を作って言うと、

「そう言えば、社内に副部長の昇進の噂が立ってますよ。部長も今年定年を迎えますから。副部長がそのまま部長になってくれるといいんだけどな」

「おいおい、俺のことなんかより自分のことを考えないとだめだぞ。会社は結婚までの腰掛けじゃないんだから」

図星だったのか、彼女はペロッと舌を出して笑顔でフロアに戻っていった。

僕はデスクに座り、目の前の書類に一通り目を通した後で、携帯の電話帳をスクロールさせた。

「おはようございます。安田です。急な話で申しわけないのですが、今夜って空いていませんか?」

僕はお世話になっているお礼と、彩加のことも含めて堂前さんに連絡を取った。

「今夜ですか?」

「あ、ごめんなさい。やましいことはありませんから。ちょっとお連れしたい場所がありまして」

堂前さんは〝やましいこと〟に反応したのか、クスッと笑いながら、

「一応主人に連絡して、また折り返しても大丈夫ですか?」

と返してきた。

「もちろん、それで大丈夫です」

そう言って電話を切ると、さっきの彼女がお茶を淹れてきてくれて、

「副部長、やましいことって何ですか?　女子はそういう話には敏感ですからね!」

とイタズラっぽく笑った。

◆

僕は堂前さんを連れてあの店に向かっている。手を繋ぐこともなく、肩を並べるわけで

もなく、僕のすぐ左後ろをついてくる。

「ここです。僕がドアを開けますから、どうぞ」

「カラン」とカウベルが鳴り、すぐさまマスターの「いらっしゃいませ」の声がした。

僕はスツールを引き、「どうぞ」と言って堂前さんを座らせた。堂前さんは、

「いい雰囲気のお店ですね」

と言いながら、店の中を見回していた。

マスターは僕に軽く会釈をしながら、

「お酒になさいますか？　それともお食事に？」

「僕はバランをロックで。彼女は……」

「私はお酒のことはよくわからないので、甘すぎないカクテルとか……」

「それじゃマスター、メロン・ボールとかどうでしょう」

「ナイスチョイスです。かしこまりました」

「あと、ピスタチオを」

堂前さんは、どうして自分をここへ連れて来たのかと訊ねてきた。僕は、この店が彩加の家の顧客であることや、高校生の時に初めて彩加に連れてこられたことなんかを話した。

「そうなんですね。思い出の場所ですか」

「まあ、そんなところです」

僕がそう答えたところで、マスターは僕たちの前にコースターを並べ、それぞれのグラスを置いた。

「ごゆっくり」

マスターが言って、去ろうとしたのを僕は呼び止めた。

「マスター、後で結構ですので、お手空きの時にちょっといいですか？」

「承知しました」


僕はこれまで、堂前さんには本当に世話になった。ただ保険の話で家に来ただけなのに、彩加とのことできっと仕事にも支障があったのではと思っている。気休めでしかないが、僕の気持ちとしてお礼がしたかった。

「堂前さん、これまで本当にありがとうございました。ただ保険の営業に来ただけだったのに、彩加との再会で面倒なことをお願いしてばかりで……」

「そんなの気にしないでください。私も最初はどんな人なのか見てみたいっていう好奇心で彩加さんに付いて行っただけなんですから」

「それで、会ってみてどうでした？」

「思っていたよりもイイ男でした」

　お世辞だとわかっていても嬉しくて、ニヤけてしまった。

「僕の器がもっと大きければ普通に友だちのように接することができたのに、僕自身も残念です」

「お話をお聞きするまでは不思議に思っていました。でも事情を伺えば仕方ないのかなと。むしろ彩加さんが羨ましいです。別れた後も、そこまで好きでいてくれるなんて、彼女は幸せだと思いますよ」

　僕がグラスについた水滴を指で弾きながら聞いていると、僕の方を見ながらそんなふうに言ってくれた。

　それから堂前さんは思い出したように言った。

「昨日病院に行った時に、彩加さんが安田さんの夢を見たと言ってましたよ。『先輩が私に会いに来て、今でも私のことを愛してるって。人生をやり直せるなら絶対に私のことを離さないって。物凄い力で抱きしめてくれたんだ』って」

「そうですか……。彩加がそんなことを……」

　僕はその時（彩加は眠ったフリをしていたんだ）と思った。ずっと目を閉じて僕の声を聞いていたんだ。あの時の涙はそういうことだったんだと思って胸が痛んだ。

「帰り際に優しいキスをくれて、行かないでって言ったんだけど、声が出なかったって。

そう言ってました。彩加さん、嬉しそうでしたよ」

「……」

言葉がなかった……。今にも泣きだしてしまいそうなくらい鼻の奥がツンとして、仄暗い天井を見つめることしかできなかった。

堂前さんは、そんな僕の姿を見て、グラスの縁を指でなぞりながら言った。

「私思うんですけど、人ってみんな弱い生き物だから、泣きたい時は我慢せずに泣けばいいと思うんです。安田さんも彩加さんも優しすぎるところがありますから、見ていて辛いです」

人前で、まして女性の前で涙を流すことなんてと思っていたけれど、優しい言葉を掛けられてしまうと途端に我慢できなくなり、僕はとめどなく溢れ出る涙を止める術を失ってしまった。

僕の涙が少し落ち着いた頃、堂前さんが続けて言う。

「奥さんの時にもそうやって涙を流していたなら、違った結果だったかも知れないですね。人は弱いからじゃなくて、強いから泣くんだと思います。悲しみや苦しみを乗り越えるために涙は流れるものだと思います」

僕は何度も洟(はな)を啜り、ハンカチを目に当てたまま大きな溜め息をついた後で、

「そうですね。夫婦なんだから、カッコつけるんじゃなくて、時にはみっともない姿をさ

らけ出してもいいんですよね。済んでしまった小さなことにいつまでも囚われて、僕は妻を責めてばかりいたように思います。裏切られた気持ちが強すぎて許せなかったんですよね」

と呟いた。

「わかります。私も離婚を経験していますから。凄くエネルギーも使ったし、精神的にも疲れましたけど、再婚した今でも本当にあれが正解だったのかはわかりません。結局のところ、私は自分のために以前の生活から逃げたんです。それに比べると、安田さんは逃げずに今の生活を守ろうとしたのだから、きっと強い人なんだと思いますよ」

僕は堂前さんの横顔に向かって、ありがとうと呟いた。

バーの静かな空間は人を大人にしてくれる気がする。不謹慎にも、カクテルを飲み干す堂前さんの横顔が、彩加だったらと思ってしまった自分が嫌な奴だと思った。

ふと気が付くと、いつの間にかこの店の客は僕たちだけになっていて、片付け物を終えたマスターがゆっくりと近づいてきた。

「何かお作りしましょうか？」

年相応ではあるが、穏やかな表情で聞いてくるマスターに、

「僕は同じものを、彼女には……」

今度は何をご馳走しようかと考えていると、

「カルーアミルクをお願いします」

と、少し頬を赤くして彼女は言った。

マスターは厨房に入ると、しばらくして、

「これは私からの差し入れです」

と言って、モッツァレラチーズのカプレーゼを出してくれた。

「え～っと、何か御用でしたかね？」

マスターがカウンター越しに僕たちの前に腰掛けて聞いてきた。

「すみません。これから話すことは、とても大事なことではありますが、寂しい話でもあります。マスターも堂前さんも、最後までちゃんと聞いてください」

僕が真剣にそう言うと、二人は顔を見合わせてから僕の方に向き直った。

「マスターは彩加さんの身体のことはご存じですか？」

「いえ、何も……」

「実は彩加さんはガンに侵されています。私は最初、大腸ガンはステージⅢ、肝臓に転移していると聞いていました。でも、息子さんの話ではステージⅣで全身に転移しているということでした」

堂前さんは動揺して両手で口を覆い、目を見開いて僕の方を見ていた。

「最初の診断で年単位の生存は難しいと言われたそうです。堂前さん、僕は彼女には会わないと言ったのに、一転して会うことにしたのはそういう訳なんです。彼女はずっと眠っていました。正しくは眠ったフリをしていたんだと思います。あなたの話を聞いて確信しました。彩加が夢の中で聞いたという言葉は、全て僕が彼女に言った言葉です」

マスターは足元を見るように俯き、堂前さんは涙を流していた。ハンカチで口元を押さえながら……。

「それでいつまで……」

「それは僕にもわかりません。明日かも知れないし、来月かも知れない。がんばって次の桜が見られるかも……」

言いながら僕は胸に込み上げるものがあって、そこから先は声にならず、ただ洟を啜るばかりだった。

「私のような年寄りはいつまでものさばり、若い人は生き急いでしまう。理不尽な世の中でございます」

マスターはそう言うと、椅子から立ち上がり僕たちに背を向けて、ボトルの並んだ棚の前で震えていた……。

――二週間後。彩加は還らぬ人となった……。

終　章　この空の彼方へ

玄関の下駄箱の前に座り、天井まである白い扉を開けて、少し色褪せた箱を手に取る。ゆっくりと蓋を捲ると、白い紙に覆われた黒光りしているローファーが顔を出す。彩加との想い出の中には、いつもこのローファーがいた。彼女と初めて出会った時に履いていた靴。

僕は迷うことなく手に取ると、そっと足を入れる。少しだけキツく感じたがすぐに慣れるだろう。出会いから二十五年、大切に磨いて、彩加への思いとともに歩んできた靴。今日は雨降りだけれど、この靴以外の選択肢はない。

彩加の通夜には、大勢の弔問客が訪れ、彼女がいかにたくさんの人たちと親交があったかを象徴していた。祭壇には少し前の笑顔の彩加の写真が飾られてあり、その美しさゆえ一段と寂しさを募らせる。たくさんの御供え物が彩加の棺の周りに並べられ、彩加らしい賑やかな葬儀で送ってあげられると感じた。祭壇の両端には『F3―1同志』として僕たち四人で生花をお供えした。

こんな形で四人が集まることなんて想像もしていなかった。本当はもっと楽しく、もっと明るく、笑顔で集まりたかった。それでもみんなが来てくれたことが何より嬉しかった。

僕は彩加の遺影に一礼して、香を香炉にパラパラと落とし、ゆっくりと手を合わせて

（必ず迎えに行くから待ってろよ）と心の中で叫んでいた。

　読経が流れる中、親族席の方を向いて一礼し式場を後にしようとすると、背中越しに「サトルくんじゃ……」という声が聞こえた。一瞬立ち止まり振り返ると、最前列にいた彩加のお父さんが何か言いたげにしていたので、「終わるまで表で待っていますよ」と耳元で言ってその場を去った。

　式場の外では、悟たちが僕のことを待っていてくれた。

「みんな、今日はありがとう。本当はこんな形じゃなくて、別の形で会いたかったけどな」

　僕の心の中を探られないようにそんなふうに言うと、少し僕の方を見上げてひとみが言った。

「本当だね。サトルくん大丈夫？　サトルくんは優しいから、おかしなこと考えてるんじゃないかと心配だよ」

「大丈夫だよ。俺たちは結果的にお互いのことを好きなまま別れてしまったけれど、俺たちが愛し合っていたことを雅也くんや娘のほのかに話してやれるのは俺しかいないんだ。だから決して自分を殺めることはしないよ」

「そうだよ。彩加ちゃんの青春のすべてを語れるのはサトルしかいないんだからね。ちゃんと思い出してあげないと」

英子に言われると、叱られているような気持ちになる。あの頃と同じだと思った。

「これからどうするんだ?」

悟に聞かれて、

「彩加のお父さんに呼ばれているんだ。少し話して帰るから、悟たちはこれで十分だよ。ありがとうな」

僕は、また会う約束をして彼らのことを見送った。


通夜式は一応の終わりを見たが、弔問客はまだポツリポツリと訪れていた。僕が煙草を吹かしながらその様子を見ていると、彩加のお父さんが出てくるのが見えた。

「お父さん、今度のことは僕も残念です」

「あの七夕の日、泣きながら帰ってきた彩加のことが忘れられなくてな、一時は君のことを責めたりもしたよ。でも彩加から事情を聞いて、君には申しわけない気持ちでいっぱいだった……」

「そんな……もったいないですよ」

「俺の子どもは二人とも親不孝だよ。俺たちより先に逝っちまうなんてな。事故だ、病気だと、まあ仕方がないのかも知れないけどな」

どこか諦めにも似た物言いだった。

「お父さん、そんなふうに思わないでください。人は皆生きることに必死です。彩加さんの死を、そうやって正当化したくなる気持ちもわかります。でも人の死に『仕方のない死』なんて一つもないと思います。僕もたくさんの人の死に寄り添ってきました。だからこそ、『生きてる』ってそれだけで凄いことなんだと思えるんです。長生きすることだけが幸せだとは思いませんが、生かされている間は、父さんが教えてくれた『今を生きる』ってことを疎かにしたくはないと思っています」

「君は強い人だな。彩加は馬鹿だよ……」

お父さんは、その後に続く言葉を呑み込んで、ただ口を真一文字に結んでいた。

◆

斎場の暗くて重苦しい空気の中にいると胸が詰まる。自動ドアの向こうの明るさが恋しくなり、外に出た。植え込みの間にあるベンチに浅く腰掛け、脚を投げ出して空を見上げる。空はあの時のように、いやあの時よりも一段と青く澄んで、どこまでも高く広がっていた。

煙草の先に火を点して、深く吸い込んでから思い切り吐く。白い煙が勢いよく僕の中から飛び出し、指先から立ち昇る青い煙と混ざり合って、目の前に煙の膜ができる。後から続く青い煙が、ゆらゆらと風に乗りながら舞い上がる様子は、まるで彩加が天女のように踊りながら、空の彼方へ昇っていくようにも見えた。ゆらゆらと揺れているのは煙のせいだけではなく、指先から灰がこぼれ落ちるのと同時に、頬を熱いものが伝って胸に落ちた。

自動ドアが開く音で我に返り、目頭を押さえてそちらに顔を向けると、ほのかと雅也くん、そして喪主の泉川照章さんが出てくるのが見えた。

「パパはどうしてここに?」

「ああ、雅也くんのお父さんは、パパの先輩なんだ」

「そうだったの?　知らなかった……」

嘘ではないけれど、泉川さんも僕の気持ちを斟酌してくれたのか、

「雅也、爺ちゃんと婆ちゃんについいててやってくれないか……」

そう言って僕と二人だけの時間を、作ってくれた。

「あなたが、安田サトルさんですね?」

「はい」

「いつも雅也がお世話になっているようで……」

「いえ、こちらこそ」

そんな一通りの挨拶を終えた後で、泉川さんは内ポケットから一通の白い封筒を取り出し、

「家内の遺品の中にありました」

と言って、その封筒を僕に差し出した。僕はゆっくりとした動作で受け取り、

「よろしいんですか？」

と渡された手紙を見つめながら言うと、彼もまたゆっくりと頷いた。

「先日、龍一からあなたと家内がその昔にお付き合いされていたと伺いました。私は家内の当時の姿を知りません。兄さんを亡くしてからは、仕事一筋だったとお義母さんから聞きましたが」

「私も高校の時に一年ほどお付き合いさせていただいただけですから、あまり……」

言いたくなかった。彩加との大切なたくさんの思い出は、僕たち二人で作ったものだ。誰にも邪魔はされたくないと思った。

僕は内ポケットから一枚の写真を取り出し、「当時の彩加さんです」と言って彼に見せた。

「私は当時写真部におりまして、この写真も私が撮ったものです。この他に四枚ありましたが、すべて彩加さんに差し上げました。私の手許にある写真はこの一枚だけです」

「こんなに元気な女性だったんですね」

「ええ。彼女の行動は、いつも私の想像を超えてまして、ずいぶんと驚かされたものです」

「そうですか。家内はあなたのことが本当に好きだったんですね。私にはそういったことは一度も……」

そう言って彼は目頭を押さえて洟を啜った。

手に持っていた写真を僕に返すと、

「それは家内があなたに書いたものです。勝手に処分するわけにはいきませんので」

と言って、肩を落としてゆっくりと建物の中に消えていった。

僕は、写真をポケットに戻してから手紙に目をやった。表にはとても綺麗な文字で『安田サトル様』と書かれていた。

前略
サトルさん、貴方がこの手紙を読む時には、もう二度と会うことも話すこともできなくなっていることでしょう。貴方にどうしても伝えたいことがあり、ペンを執りました。

私はあの七夕の日に、貴方とお別れすることになりました。いえ、なってしまったと言った方が正しいでしょうか。本当は貴方と会えない淋しさで、私への気持ちを確認するために告げた別れでした。あの日、本当は、あのね、私……先輩に会えなくて淋しくて。別れようって言えば、先輩が「何言ってるんだ」って言ってくれる、そう思っていたのです。優しすぎる貴方に、ちゃんと叱ってほしかったのかも知れません。まさか貴方が、何も理由を聞かずに受け入れるとは思わなかったのです。貴方にあれほど愛されて、私自身もあんなに嬉しかったのに、貴方のプリンセスになることはできませんでした。本当にごめんなさい……。

堂前さんから、私の幸せを一番に考えてくださって出した決断だったと聞きました。ピアノが弾ける男の子の話も聞きました。貴方がそんな小さなことまで覚えていてくれたことが嬉しくて、涙が止まりませんでした。私はなんて馬鹿なことをしたのかと、なんて酷いことをしたのかと、後悔ばかりです。

それでも家庭を持ち、家族が増えて幸せでしたよ。貴方が一番に望んでくれた私の幸せです。

貴方もすでにお気付きでしょうが、ほのかさんの彼は私の息子です。雅也が初めてほのかさんを家に連れてきた時、「安田ほのか」という名前を聞いて、「女の子がいい。名前はほのか」と言った貴方の言葉を思い出し、言いようのない衝撃と不安に駆られました。私がこの手で切ってしまった赤い糸を、あの子たちが拾い上げて繋いでくれたのでしょう。私は、きっと私たちが摑むことのできなかった〝本当の幸せ〟を摑んでくれると信じています。

サトルさん、これだけは信じてくださいね。

私は今でも貴方のことを心から愛しています……。

かしこ

彩加

追伸

あの時、開くことができなかったおみくじは貴方が開けてください。貴方と、そして将来結ばれるであろうあの子たちに幸運が訪れますように。

僕はもう自分の中から溢れ出る涙さえも止められなくなっていた。気が付けば幾つもの花火が手紙の上に打ち上げられていた。

封筒の中に残されたおみくじを掌に取ると、その表面には少し黄色くなった染みが残されていた。あの日、あの神社の境内で開けられることのなかったおみくじの端を摘んでひらひらと広げる。

そこには誇らしげに『大吉』の二文字があった。

僕は（あの時彩加が開けていたらどんなふうに喜んだのだろう）と思いながら、植え込みの枝に一輪だけの白い花を咲かせた。そしてゆっくりと瞼を伏せると、二十五年間大切に磨いてきたローファーの爪先に、一粒の大輪の花が咲いた。

大勢の人たちに送られて、しかし、たったひとりで荼毘に付された彩加のことを思いながら青い空を見上げる。

「生まれ変わったら、もう一度僕と出会ってくれるかい？」

そう呟くと、そこにいるピントの合わない十七歳の彩加の笑顔が、どこまでも高く吸い込まれていくのが僕には見えた……。

（了）

著者プロフィール

咲田 涼人（さきた りょうと）

1967年福井県生まれ、福井市在住。
北陸高等学校卒業。
職業はトラック運転手。

この空の彼方へ

2023年３月15日　初版第１刷発行

著　者　咲田 涼人
発行者　瓜谷 綱延
発行所　株式会社文芸社
〒160-0022　東京都新宿区新宿1－10－1
電話　03-5369-3060（代表）
03-5369-2299（販売）

印刷所　図書印刷株式会社

ISBN978-4-286-28088-2